De Jung, de vör dat Meerwief utneiht is

Klaus-Peter Asmussen, geboren 1946 in Handewitt, wuchs mit plattdeutscher Muttersprache auf. Nach Abitur am Alten Gymnasium, Flensburg, und sechssemestrigem Studium an der Pädagogischen Hochschule Flensburg trat er in den Schuldienst ein und war zunächst sechs Jahre lang als Grund- und Hauptschullehrer in Dithmarschen tätig. Ab 1976 arbeitete er als Realschullehrer für Englisch und Dänisch in Tarp, Kreis Schleswig-Flensburg, bis er 2010 in den Ruhestand trat. 2007 veröffentlichte er bei BoD – Books on Demand „Planten un Blomen" ein „Wörterbuch schleswig-holsteinischer Pflanzennamen" (ISBN 978-3-8334-8589-3). Seit 2005 befasst er sich mit dem Übertragen bzw. der „Integration" von Märchen unterschiedlichster Provenienz ins Plattdeutsche. Nun legt er nach „De Deern in de Appel" (ISBN 978-3-8391-4806-8) sein zweites Märchenbuch vor. Klaus-Peter Asmussen wohnt heute in seinem Geburtshaus in Langberg, Gemeinde Handewitt.

Klaus-Peter Asmussen

De Jung, de vör dat Meerwief utneiht is

*un anner Märkens,
nü vertellt up Sleswigsche Geestplatt*

Märkens up Platt # 2

© 2016 Klaus-Peter Asmussen
Herstellung und Verlag:
BoD – Books on Demand, Norderstedt
ISBN 978-3-7412-9093-0

Wat in düt Book in steiht

De Jung, de vör dat Meerwief utneiht is	7
Baren vun en Fisch	15
De nüe Preester	22
Plünnengör	25
Kathrin un de Düvel	30
De kloke Deern	38
De Königsdochter ut dat Ei	43
De Giezknüppel	55
De König sin Kaptaal	57
Dat Töverhoorn	65
De Jungkeerl mit de Fiedel	69
De kloke Kathrin	73
Nelk, Roos un Jasmin	78
De soeven Wildgöös	83
De Königssoehn as Gaarner	88
De Salv	94
De beide Slachters in de Höll	99
Dat Wunnermess	92
Latermal	102
De Haarige	106
Dat Flohfell	110
De Suldaat un de Düvels	114
De arme Schooster	117
Dat fleegen Schipp	122

De Jung, de vör dat Meerwief utneiht is

Dar is mal en König we'n, de hett up en lange Reis gahn musst up See. Sin Fruu lett he to Huus, un se schall wat Lüttes hebben, man dat weet he nich. He is al lang' seilt, do löppt dat Schipp up Grund, un all de Seelüüd koenen dat nich wedder flott kriegen. As allens nix helpen deit, do kümmt dar en Meerwief ut dat Water na baven un seggt to de König, he ward nich wedder flott, seggt se, he mutt ehr denn al toseggen, he will ehr dat Kind geven, wat sin Fruu kriegen deit, nu he nich dar is. Dat seggt he ehr to, un do ward dat Schipp wedder flott, un he seilt wieder.

As he na Huus kümmt, do hett sin Fruu en lütte Jung kregen. De Jung wasst nu ran, ward groot un stark, un do kümmt de Tied, dat dat Meerwief kamen schall un halen em. Man dat will he nich hebben, un so geiht he up Wannerschop. He nimmt dree Bröde mit un dree Buddeln Koem, dar will he vun leven, un denn geiht he afste'. Hen to Avend söcht he sik en Stä', 'nem he de Nacht oever blieven kann, un dar leggt he sik dal to slapen. Do hört he upmal so'n gediegene Larm in'e Luft, dar ward he bang vun un steiht up, un do kümmt dar en Lööw na em ran un fraagt em, wat he dar maken deit.

Ja, seggt he, he is utneiht vör dat Meerwief. Do seggt de Lööw, he schall 'n wat to eten geven. Do kriggt de Jung en Brood un en Buddel Koem ut de Tasch, un denn setten se sik dal un eten mit'nanner dat Brood up un drinken dar Koem to, un denn leggen se sik dal un slapen.

An de neegste Morrn seggt de Lööw, de Jung schall em de Spitz vun dat eene Ohr afhaun, un wenn he mal in Noot kümmt, denn so schall he sik wünschen, he ward to en Lööw.

Denn gahn se elkeen sin Weg. De Jung wünscht sik nu, he will to en Lööw warrn, un dat ward he denn uck, un so löppt he de dare Dag up veer Fööt. Hen to Avend wünscht he sik, he will wedder en Minsch we'n, un as Minsch leggt he sik dal to slapen. Do hört he wedder so'n gediegene Larm in'e Luft. Dütmal kümmt dar en Baar, de fraagt em uck, wat he dar maken deit. He is utneiht vör dat Meerwief, seggt he, un do seggt de Baar uck, he schall 'n wat to eten geven.

Nu haalt de Jung ja wedder en Brood un en Buddel rut, un se eten tosamen dat Brood un drinken dar Koem to, un denn leggen se sik dal to slapen. An'e neegste Morrn seggt de Baar, he schall 'n de Spitz vun dat eene Ohr afhau'n, un wenn he in Gefahr is, denn so schall he sik wünschen un warrn to en Baar.

Dat deit he uck foorts un löppt de Dag rum as en Baar. An'e Avend, he hett sik man knapp dalleggt to slapen, do suust dat wedder in'e Luft, un do kümmt dar en Hummel anflagen, un de fraagt em, wat he dar maken deit. Ja, seggt he, he is utneiht vör dat Meerwief. Do seggt de Hummel, he schall 'n wat to eten geven. Do haalt de Jung sin letzte Brood un sin letzte Buddel rut, un se eten un drinken tosamen un leggen sik denn all beid dal to slapen. An'e Morrn seggt de Hummel, he schall 'n en Haar utrieten ut de eene Flünk, un wenn he kümmt in Noot, denn so schall he sik wünschen un warrn to en Hummel.

De Jung deit dat uck foorts, un denn fleegen se all beid afste', elkeen in en anner Richt. Hen to Avend meent de Jung, he süht en grote Steenhupen. Do flüggt he dar hen un wünscht, he will wedder en Minsch warrn. Man de dare Steenhupen, dat is en grote Stadt, he hett man meent, dat weer en Steenhupen, he is ja en Hummel we'n.

De Jung geiht nu na dat Königsslott, geiht dar rin un sett sik dal up'e Vördel. Do hört he vun de Deensten, de König hett en Dochter, de lett un lett keen Mannsminsch an sik rankamen. Hen to Avend woe'n de Deerns em denn en Bett t'rechtmaken, man he seggt, dat deit nich nödig, he kann guut up'e Bank slapen, seggt he, he is dat nich beter wennt.

Nee, seggen se, dat geiht nich, se moeten en Bett för em t'rechtmaken. Man he will un will dat nich togeven, he leggt sik dal up'e Bank.

As denn allens to Bett gahn is, do wünscht de Jung sik, he will en Hummel warrn, un denn flüggt he na de Königsdochter ehr Kamer baven up'e Boehn. Vör de Dör stahn en paar Wächters. De Jung flüggt nu dör dat Sloetellock rin in de Kamer, un dar maakt he sik wedder to en Minsch. Do ward de Königsdochter ja bölken, dat dar is en Mannsminsch in de Kamer. De Wächters do ja foorts na de Kamer rinstört't, man de Jung hett sik al wedder to en Hummel maakt un is verswunnen.

Dar is jüst en Mannsminsch in de Kamer we'n, seggt de Königsdochter to de Wächters, un se is noch rein an't Bevern. Do söken se na in alle Ecken, man finnen doon se nix, un do gahn se wedder rut. Man knapp sünd se buten, do hett de Jung sik wedder to en Minsch maakt un geiht up de Königsdochter ehr Bett to.

Se do ja wedder an't Bölken, noch duller as vörher, dat dar en Mannsminsch in ehr Kamer is. De Wächters ja gau wedder rin in de Kamer, man do sitt de Jung al wedder as Hummel an'e Finsterruut.

He is wedder dar we'n, seggt de Königsdochter, man „Tüünkraam", seggen de Wächters, wenn he dar weer, seggen se, denn so mussen se em doch uck sehn. Bölkt se noch eenmal wegen nix, seggen se, denn so geiht ehr dat leeg. Un denn gahn se wedder rut ut de Kamer.

De Jung maakt sik nu wedder to en Minsch un steiht merrn in'e Kamer. Do waagt de Königsdochter dat nich mehr un schrien um Hölp, un de Jung geiht hen na ehr un sett sik dal up'e Bettkant. Se truut sik ümmer noch nich un geven en Mucks vun sik. Do leggt de Jung sik bi ehr to Bett. Se stött em weg, man he blifft geruhig liggen. Bi lütten fangt he an un snacken glatt un fichlen mit ehr. Eerst will se dar ja nich up hören, man denn ward se doch antern, un toletzt warrn se Frünnen un seggen sik to, se woe'n sik truu we'n.

De Königsdochter vertellt em nu, ehr Vadder schall bi dree Daag in'e Krieg trecken; man sin Swert, seggt se, dat liggt verstaken hier bi ehr in'e Kamer, un de dat denn halen kann, de kriggt ehr to Fruu. As he geiht, do seggt de Jung, he geiht mit ehr Vadder in'e Krieg, un wenn he nich t'rügg kümmt, denn so schall se elkeen Avend dalgahn an'e Strand mit en Fiedel, un denn schall se dar spelen, dat all de Seespökels vun'e Grund hooch kamen.

Dree Daag later treckt de König in'e Krieg mit all sin Lüüd. Man he vergitt sin Swert, un dat markt he eerst, as he al en arige Stück weg is. Do seggt he to sin Lüüd, de dat Swert halen kann ut sin Dochter ehr Kamer, de kriggt ehr to Fruu un, wenn he sülven mal doot is, denn kriggt de uck dat Riek.

Do glieden sik Ridder Root, de Jung un en Barg anner Lüüd af un woe'n dat Swert halen. De Jung wünscht sik to en Lööw, un do is he vel ehrer dar in dat Slott as jichens en anner. As he ankümmt, do maakt he sik to en Hummel un flüggt in de Königsdochter ehr Kamer, 'nem dat Swert hängen deit. Do nimmt he dat un seggt noch mal to de Königsdochter, se schall jo un jo nich vergeten un doon, wat he ehr seggt hett.

Do nimmt de Königsdochter ehr gollne Ring un brickt 'n twei. De eene Hälfte gifft se de Jung, de anner Hälfte behollt se. Denn süht he to un kamen wedder afste', un he hett al en arige Stück vun'e T'rüggweg schafft, do bemött he Ridder Root un all de annern, de noch um'e Wett na dat Königsslott lopen. Ridder Root versöcht un luxen em dat Swert af, man he is nich so dumm un geven em dat, he süht to un kamen wieder. Man do kriggt he Dörst un leggt sik dal, he will ut en See drinken. Do kriggt dat Meerwief em bi de Kanthaken, un weg is he. Nich lang', denn kümmt Ridder Root an de See vörbi, he finnt dat Swert un bringt dat hen na de König.

De Krieg hett en gude Enne, un toletzt kümmt de König t'rügg in sin Riek. Do süht sin Dochter, de Jung is nich mit darbi, un do ward se bannig trurig. Nu schall se Ridder Root sin Fruu warrn, un wenn se uck seggen deit, he is nie nich in ehr Kamer we'n un he is dat nich, de dat Swert haalt hett, dat helpt allens nix. Se mutt doon, wat ehr Vadder seggt, un dar schall uck foorts Hochtied geven warrn.

An'e eerste Dag vun de Hochtiedsfier nimmt de Königsdochter an'e Avend denn en Fiedel un geiht dal an'e Strand un spelt dar. Do seggt dat Meerwief to de Jung, he schall man mal tohören, sin ole Leevste spelt.

He kann nix hören, seggt de Jung, he hett Water in'e Ohren. Se schall em wat höger rup böhren, seggt he, dat he uck hören kann.

Do kriggt se em up ehr Schullern un böhrt em hooch bet up de halve Deepde. Um he nu kann hören, fraagt se. Nee, seggt he, he hett Water in'e Ohren, se schall em höger rup böhren.

Do böhrt se em rup bet an de Waterspeegel. Do fraagt se, um he nu kann hören, man nee, seggt he, he hett ümmer noch Water in'e Ohren, se schall em noch höger rup böhren.

Do böhrt se em rup bet up'e dröge Land un fraagt, um he nu kan hören. Noch nich, seggt he, se schall en bet' töven, bet dat Water is ut sin Ohren lapen. Un wupp! maakt he sik to en Hummel un flüggt weg, un dat rin in de Königsdochter ehr Rocktasch.

Do is he weg, man de Königsdochter markt, dar is wat in ehr Tasch, un do geiht se wedder na Huus to. Ünnerwegens maakt he sik wedder to en Minsch, un de Königsdochter nimmt em mit in'e Saal mang all de Gäste. Dar vertellt se denn, dar is en Mann kamen, de kann dulle Kunststücken maken. Un to Ridder Root seggt se, he schall dat doch mal versöken, wokeen vun de beiden kann dat grötere Kunststück maken.

He schall sik to en Lööw maken, seggt se to Ridder Root. He kehrt sik un dreiht sik un tiert sik as dull, man dat is uck allens; en Lööw ward he nich.

He schall sik mal to en Baar maken, seggt de Königsdochter. Ridder Root tiert sik wedder so dull as he kann, man en Baar ward he liekers nich.

He schall sik mal to en Hummel maken, seggt de Königsdochter. Do summt un brummt Ridder Root as unklook, man en Hummel ward he doch nich.

Do seggt de Königsdochter to de Jung, *he* schall sik mal to en Lööw maken. De wünscht dat man blots, un wupp! is he en gresig grote Lööw, un all de Gäste neihn ut vör em. De Lööw do up Ridder Root dal, un he harr em sachs in Stücken reten, man de Königsdochter seggt, he schall wedder en Minsch warrn. Do deit he dat.

He schall sik to en Baar maken, seggt de Königsdochter. De Jung deit dat un will wedder up Ridder Root dal. De König un all sin Lüüd wunnern sik un sünd heel un deel verbaast, un se weeten gar nich, wat se denken schoe'n un gloven oder doon.

He schall wedder en Minsch warrn, seggt de Königsdochter, un foorts steiht de Jung wedder as Jung mang se. Bi lütten ward dat de König ahnen, dat dat vellicht doch is de Jung we'n un nich Ridder Root, de dar hett dat Swert haalt.

Ja, seggt de Königsdochter, sodennig is dat uck, he hett dat Swert haalt un nüms anners. Un nu schall he man mal de halve Ring vörwiesen, seggt se, de he kregen hett, as he dat Swert haalt hett.

Do kriggt he de eene halve Ring rut, un de Königsdochter kümmt mit de anner Hälfte, un de König probeert dat, un do passen de beide Deele tohopen. Do ward Ridder Root uphängt, un de Jung kriggt de Königsdochter.

Baren vun en Fisch

In en Huus, dar sünd mal söss Kinner we'n, dree Jungs un dree Deerns, de sünd baren we'n vun en Fisch. Mal gahn de Deerns hen un woe'n se's Blöme begöten, un do kümmt dar en gresige Küselwind un nimmt se all dree mit sik. Do geiht toeerst de öllste Broder los un will sin Süstern söken, un dat duert dree Jahr, do is he noch nich wedder t'rügg. Do treckt de tweete afste' un will se söken, un he kümmt uck in dree Jahr nich wedder, do is de öllste ja al söss Jahr weg.

De jüngste Broder, dat is so'n Doeskopp we'n, Hans hett he heeten, un he hett uck nie nich wat daan, blots af un an mal en beten Holt rinhaalt, wenn sin Mudder em dat heeten hett. Un nu seggt Hans, he will uck hen un söken sin Süstern. Do meent de Mudder, dat fehle jüst, denn hett se ja gar nix vun de dree, un se hett se doch nu mal groottrocken. Man Hans seggt, he geiht liekers, un he denn ja afste'. Do kümmt he an en Smä', un dar geiht he rin un fraagt de Smidt, um he hett ielige Arbeit. Ja, seggt de Smidt, dat hett he woll, man dar is ja nix so ielig, seggt he, dat dat nich kunn ieliger warrn. Wat Hans denn will, fraagt he. – Tjä, seggt Hans, he schall em Paar Klotzen maken un en ieserne Handstock un en paar Keden.

Wat dat denn schoe'n för'n Klotzen we'n, fraagt de Smidt, de maakt ja för gewöhnlich de Holtschoh- maker. Do seggt Hans, he schall em Schoh maken ut Iesen, de schoe'n tosamen tein Liespund[1] weegen, elkeen fiev, un en iesern Handstock un föftein-

---

[1] Liespund = 14 Pfund

hunnert Klafter ieserne Keden. Dat deit de Smidt. Un do treckt Hans de Schoh an, nimmt de Handstock in'e Hand, smitt sik de Keden up'e Rügg, un denn man afste'. Toletzt kümmt he an en grote Barg, un dar süht he sin Bröder, de stahn nedden un kieken dar rup. De eene hett Haar, so lang, de slepen up'e Eerde, de sünd ja nie nich sneden wurrn. Un de anner, de wasst al Moss up'e Kopp.

Do fraagt Hans, wat se dar nedden to stahn hebben. Ja, seggen se, wodennig se dar denn schoe'n rupkamen. Do smitt Hans sin Keden bet rup up'e Barg, un de blieven dar baven hängen, un denn nimmt he sin Stock un geiht dar rup.

Man ehrer he baven is, do hett he al de Snuten aflapen vun sin Schoh, un de Stock, de is to Hälfte wegsleten. As he denn baven anlangt, do lett he de Keden liggen un geiht dar baven wieder, un dat is so'n feine, evene Heidbarg. As he en Stoot gahn is, do kümmt he an en Huus vun Messing, dat suust man ümmer so in'e Runne. Hans seggt wat to dat Huus, un do blifft dat stahn. Un do is dar sin jüngste Süster, de bütt em de Dagstied un fraagt, wonem he denn herkamen deit. Dat's ja eendoont, 'nem he herkamen deit, seggt he, se schall man de Dör upmaken. Tjä, seggt se, denn schall he man dreemal gegen de Sünn um dat Huus rumgahn, seggt se, denn so finnt he dat Sloetellock. He deit dat, un do finnt he dat uck. Un as he binnen is, do seggt sin Süster, wenn ehr Mann na Huus kamen deit, denn so maakt de em foorts doot. Man Hans seggt blots, en Bangbüx is vör allens bang'.

Na, de Mann kümmt ut't Holt t'rügg, bütt em de Dagstied un fraagt, wodennig he dar rupkamen is.

Dat's ja eendoont, seggt Hans, wodennig he dar rupkamen is, he is dar nu mal. Do drückt de anner em de Hand, man Hans langt uck arig to un seggt, he is uck ut Fischknaken maakt. Do geiht de Mann dat Muul up un he kriggt Water in'e Ogen. Denn setten se sik dal un fangen dat Supen an. Hans süppt ümmerlos, man he deit man so, he gütt sik de Koem ünner dat Kinn. Man wat sin Swager is, de ward düchtig duun. Un do maken se en Verdrag, wenn een vun se dootblieven deit, denn schall de anner kamen un helpen em, un to'n Teeken drüppeln se en beten Bloot in se's Snuuvdöker, un wenn een vun se dootblieven deit, denn so verswinnt dat Bloot ut de anner sin Snuuvdook.

Na, Hans geiht denn ja wieder un kümmt an en Huus vun Sülver, dar is sin tweete Süster in. Un dar geiht dat jüst so as bi de eerste, un as he rinkümmt, do is de Mann uck nich to Huus. Un düsse Süster seggt uck, wenn ehr Mann na Huus kamen deit, denn so maakt de em foorts doot. Do seggt Hans wedder, en Bangbüx is vör allens bang'. De Mann kümmt na Huus, bütt em de Dagstied un drückt em ganz dull de Hand, man Hans drückt noch duller. Darna ward wedder Koem sapen, jüst so as vörher, un Hans deit ümmer blots so, as wenn he drinken deit. Un denn maken de beiden jüst so'n Verdrag.

Darna maakt Hans sik up'e Weg un söken sin drütte Süster. He kümmt an en Huus ut Gold, dat dreiht sik jüst so gau as de beide annern. He kümmt dar rin up desülvige Wies, un do is dar sin öllste Süster. Oha, seggt se, wo em dat woll gahn ward. Man he seggt blots wedder, en Bangbüx is vör allens bang'. Denn kümmt de Mann na Huus, bütt em de Dagstied un drückt sin Hand so gresig dull, Hans kriggt dat rein mit de Angst. Se drücken un drücken, un de anner kriggt em in'e Kneen. Do fallt Hans in, he mutt ja seggen, he is uck ut Fischknaken maakt, un as he dat seggt, do kriggt he foorts de Boeverhand, un do will de anner en Verdrag maken mit em, un se geven sik uck dat Teeken in't Snuuvdook.

Denn seggt Hans, he will sin Süster mitnehmen na Huus. Do seggt de anner, he sülven is ja stark, man Hans is doch noch stärker. Se sünd dree starke Bröder, seggt he, man dar is en Deern, seggt he, an de wagen se sik all dree nich ran. Do seggt Hans, he will alleen hengahn. De anner gifft em Bescheed, wonem he de Deern finnen kann, un seggt, he schall man tosehn, dat he mit dat Leven darvun kümmt.

Hans geiht afste', un he finnt uck de Kaat, 'nem de starke Deern in wahnen deit. He kickt dör de Dörsplet, un do süht he, se slöppt. Man he waagt dat doch nich un gahn dar rin. Na, toletzt, do stört't he doch rin, kriggt de beide Sieden vun't Bett faat un drückt de Deern mit'e Bost gegen dat Bett. Do verjaagt se sik, un se ward bölken, man Hans hollt fast, un toletzt jankt se, wenn he is ehr to Mann bestimmt, denn so schall he ehr Mann warrn. Hans lett ehr denn los, un do verdrägen se sik, denn de Deern seggt, se will em nehmen, eendoont wokeen he is.

Elkeen Dag treckt de dare Deern in'e Krieg. Dar is nämlich en Smidt, de maakt elkeen Nacht dreehunnert Suldaten, un wenn de Deern se nich bi Dag ümmer dootmaken dä, denn so weern dat so vel wurrn, se harrn ehr in'e Kneen kregen.

In de Deern ehr Kaat, dar gifft dat en Reeg Kamern, un de Deern seggt to Hans, in alle Kamern dörf he ringahn, man blots nich in de eene. Hans blift de

Dag oever dar. As de Deern denn avends t'rüggkümmt ut'e Krieg, do nimmt Hans mal ehr Swert faat, man dat is so swaar, he kann dat nich mal upböhren. De Deern treckt de tweete Dag in'e Krieg un de drütte, un elkeen Dag seggt se wedder to Hans, he schall jo nich in de dare eene Kamer ringahn. An'e drütte Dag denkt he, he will dar blots mal rinkieken, un dat deit he uck. Do hängen dar Deerten vun alle Slag'en, de dat gifft up'e Welt. Wecken hängen an'e Beens, wecken an'e Höörns, un se sünd lebennig. All seggen se, he schall se doch man los maken. Guuthartig is he ja man eenmal, un do maakt he een vun se frie, un de maakt wedder een frie, un denn maken se sik all een de anner frie. Un denn maken se Hans doot un smieten em in't Water.

As de Deern na Huus kamen deit un ward dat wies, do is se bannig trurig, se hett Hans bannig geern lieden mucht. Ut de dree Swagers se's Snuuvdöker, dar sünd de Blootdrüppen verswunnen. Do gahn se all los un woe'n Hans söken. Un do maakt de eene sik to en Slang, de anner to en Muus un de drütte to en Fisch. De eene geiht in't Water, de annern gahn in'e Eerde ünner de Hüser langs un sünstwohen. De sik to en Fisch maakt hett, de finnt Hans in't Water. De Deerten hebben em so dull schüddelt, sin Knaken sitten gar nich mehr tosamen. Man de Deern, de hett en Buddel, un mit dat, wat dar in is, dar smeren se Hans sin Liev in, un do ward he wedder lebennig, un he is so stark, de Deern ehr Swert kann he nu mit de lütte Finger regeren, as he will, un vörher hett he 'n nich mal böhren kunnt.

Do blifft Hans bi de Deern, un he fraagt ehr, um se em nich uck mal will in'e Krieg trecken laten. Nee, seggt se, se lett em nich, se is bang, se maken em doot, he ward bestimmt nich klaar mit se. Man he seggt, he will dat doch versöken, un do gifft se em toletzt Verlööf un he treckt los. Toeerst geiht he na de Smä' un fraagt de Smidt, um he nich hett en Lehrjung nödig. Ja, seggt de, he kunn een bruken. He ward al oold un flau, seggt he, un dat geiht em nich mehr so vun'e Hand. Do seggt Hans, he is dat Smä'handwark wennt, he maakt nüe Köppe, seggt he, un wenn't we'n schall uck en ganze Minsch. Man mit dat dare Warktüüg, seggt he, wat de Smidt dar hett, dar kann he nix mit anfangen. Un he kickt sik um na de gröttste Hamer, un denn seggt he to de Smidt, he schall sin Kopp man mal up'e Ambolt leggen. De deit dat, un do nimmt Hans de allergröttste Hamer, haalt ut un haut to, de Knaken vun de Bregenkasten fleegen man so vuneen. Un denn geiht he na Huus un seggt, he hett de Smidt en nüe Kopp maakt, de Deern bruukt nu nich mehr in'e Krieg trecken.

Do blieven se dar in'e Kaat, un Hans meent, um se nich mal schoe'n na em na Huus gahn. Ja, seggt se, dat koenen se ja geern. Un do haalt Hans sin Süstern ut de dree Hüser, un los geiht dat. As se kamen an de Rand vun'e Barg, do liggen dar noch sin Keden, un do fiert he eerst sin Süstern dal un denn de Deern. Man as he hett sin Bruut dalfiert, do freuen sin Bröder sik, un se rieten de Keden in Stücken. Un denn nehmen se se's Süstern mit na Huus un de Deern uck.

Lange Jahren blifft Hans up'e Barg, sin Baart un sin Haar wassen gresig lang, un an't Liev hett he Tüüg vun Fell. Do süht he mal nedden an'e Barg en grote, swatte ole Mann gahn, de sin Baart slept an'e Eerde, un he is blind. Do röppt Hans em to, he schall em doch dalhelpen. De Ole binnt sin Baart an en Boom un geiht en Stück bisiet un seggt, dar schall he man rup springen, dar ward he sachs nich vun dootgahn, seggt he, wenn he springt up'e weeke Baart. Hans deit dat un kümmt guut dal. Nu hett he noch wat vun de Smer bi sik, de em wedder hett lebennig maakt, darvun smert he de Ole wat in'e Ogen, un do kann de wedder kieken. Do seggt de Ole to em, he schall man sehn un kamen na Huus, dar is anners een, de will sin Bruut frien.

De Deern hett ja lange Jahren up Hans töövt, man he is nich kamen, un do hett se toletzt nageven un will anners een nehmen. Hans dar ja hen so gau as dat man geiht, un do sünd se al bi un fiern Hochtied. Man as he dar ankümmt, do geiht he nich rin in'e Stuuv, he sliekert sik in'e Knechtenkamer un leggt sik dar dal. Un do kümmt dar een vun de Deensten un mellt, in'e Knechtenkamer, dar is de Düvel. Do kamen se denn all anlapen, man de Bruut, de kennt em foorts, un do lett se em feine Tüüg geven un nimmt em de Baart af un maakt em rein. Sodennig hett dat gahn, un vun de Hochtied, dar is nix vun wurrn. Hans hett de Deern kregen, un de anner Lumpenhunnen, de hett he ut de Achterdör smeten.

De nüe Preester

Dar is mal en Preester we'n, de hett en Moehl hatt. Mal, do schickt de König na em un seggt, en Preester weet ja en Barg, un he schall ja uck woll en Barg weeten. Nu schall he em doch mal seggen, wovel Weg' in'e Himmel föhren doon, wat he, de König, woll weert is un wat he sik denken deit. Kann he dat nich to en wisse Tied, seggt he, denn so schall em dat sin Leven kosten.

Do geiht de Preester sluukohrig na Huus, un je mehr Daag vergahn, je truriger ward he. Mal kümmt he nu hen na sin Moehl, un do fraagt de Möller – de markt dat ja, he is so bannig daldrückt – do fraagt de em, wat he denn hett. Wenn he Kummer hett, seggt he, denn schall he em dat doch man seggen. Man de Preester meent, wenn he em dat uck vertellen wull, helpen kann he em ja doch nich.

Nu kümmt de Dag ümmer neeger, un de Preester ward dünner un dünner vör Kummer. Do seggt de Möller eens Daags noch mal to em, he schall em doch man vertellen, wat em fehlen deit. He kann em sachs helpen, seggt he. Nu is de neegste Dag de Tied um we'n, un do kann een sik ja denken, wodennig de Preester tomoot is, un do vertellt he de Möller dat, wat de König vun em will. All sin Böker, seggt he, hett he dörsöcht, man funnen hett he nix, un nu ward em dat woll sin Leven kosten. Do seggt de Möller, he schall em sin Moehl to eegen geven, denn so will he sin Preestertüüg antrecken un för em na de König gahn. Dar is de Preester foorts inverstahn mit, tein Moehlen harr he em geven, harr he se hatt, un do gifft he em sin Preestertüüg.

De Möller geiht nu na Huus un seggt to sin Fruu, se schall all de Fadens un Ennen Gaarn, de se in't Huus hett, up een Kluun wickeln. De anner Dag geiht he denn los. De Kluun hett he in dat Preestertüüg verstaken, un um un bi in de Mitt vun de Kluun hett he en Knütt maakt as Teeken. As he nu bi de König ankümmt, do freut de sik, dat he em weddersehn deit. Do wiest de namaakte Preester de König de Kluun un seggt, dat is dat genaue Maat vun de Weg na de Himmel, un wenn he em dat nich glöven will, denn so schall he sik dar man sülven vun oevertügen. Un denn, seggt he, will de König ja weeten, wat he weert is, dat will he em woll seggen. De Herr Jesus, seggt he, de is ja verkööfft wurrn um dörtig Silberlinge, un he will ja doch woll nich meenen, he is mehr wert. Do wunnert de König sik, wo klook as de dare Preester is. Un to'n drütten, seggt de, schall he em ja seggen, wat he denken deit. He denkt ja sachs, seggt he, he hett de Preester vör sik, man dat stimmt nich, seggt he, he is dat nich. De König kann sik vör Verwunnern gar nich laten. Un do verklaart de Möller em, wokeen he würklich is, un do maakt de König em to'n Preester, he meent, sovel, as he weet, dar hett he dat mit verdeent. De anner Preester ward wegjaagt, un do kriggt de Möller sin Stä'.

Nu mutt de dare nüe Preester ja up'e Kanzel un predigen. He do ja rup, un denn seggt he: „As de annern, as de annern, as de annern", en heele Stunn lang seggt he dat, un darbi haut he ümmer up de Kanzel. Do gahn de Lüüd na de König un beklagen sik, wat se dar hebben för'n Preester kreegen, en heele Stunn hett he blots ümmer bölkt „as de annern". Do seggt de König, wenn he predigt hett as de annern, denn so hett he nugg daan, dar is he tofreden mit, seggt he. Nu kamen dar so vel Lüüd na de König un woe'n sik beklagen, do seggt he to sin Dörwächter, he schall all, de wat gegen de nüe Preester seggen woe'n, in't Kaschott smieten. Do is dar bald wedder Freden.

Nich lang darna schall de Möller in en Navergemeen predigen, un do ward he doch bang. Wat schall he nu maken? Na, he do ja rup up'e Kanzel, un denn seggt he, de em hör'n, de schoe'n rett' warrn, de em nich hör'n, de warrn verdammt. Un denn bewegt he blots noch de Mund un haut ümmer wedder up de Kanzel. Keeneen versteiht em, un se kieken sik all groot an. As he is ferdig, do ward so'n Oolsch, de is inslapen we'n, de ward waak, rifft sik de Ogen un wunnerwarkt, wo fein he predigt hett un wat för smucke Wöör he bruukt hett. Do sünd se all verbaast, dat se wat hört hett, un do swiegen se still. De nüe Preester is riek wurrn vun sin Preestersta' un sin Moehl. De anner, de richtige Preester, is heel arm wurrn un is vun alle Welt verlaten we'n, dat heff ik sülven sehn.

Plünnengör

Dar is mal en grote Slott we'n, dat hett an'e See legen, un dar hett en rieke ole Eddelmann in wahnt. He hett nich Fruu noch Kinner hatt, blots en lütte Enkeldochter, de ehr Gesicht hett he noch nie nich sehn hatt. He hett ehr up'e Dood nich utstahn kunnt: As se baren is, do is sin leevste Dochter darbi dootbleven. Un as de ole Kinnerfruu em do de lütte Deern bröcht hett, do hett he swaren, he will dat Kind nie nich ankieken

So sitt he elkeen Dag an sin Finster, dat na See rutgeiht, un blarrt um sin dode Dochter, un do warrn sin witte Haar un Baart so lang, dat hängt dal bet up'e Eerde. Un sin Tranen lopen dal up'e Finsterbank un spölen dar en Lock in'e Steen un lopen denn as so'n lütte Bek rut in'e See.

Middewiel ward de lütte Deern groot, man nümms quält sik um ehr. Blots de ole Kinnerfruu, de gifft ehr mennigmal stillkens wat ut'e Koek, wat dar oeverbleven is, oder en tweie Ünnerrock ut'e Plünnensack. Man de anner Deensten jagen ehr ut't Huus mit Wöör un mit Slääg, wiesen mit Fingern up ehr blote Fööt un Schullern un ropen ehr achterna: „Plünnengör!", un do löppt se weg un verstickt sik mang de Büsche.

Sodennig wasst se up un hett nich nugg to eten un nich nugg un trecken an, un elkeen Dag is se buten up'e Feller un in't Holt. Un se hett man een Kameraad, dat is de Goosjung. Wenn se Hunger hett oder freert oder is möö', denn spelt he ehr lustige Leeder vör up sin Fleut, un denn vergitt se all ehr Kummer un fangt an un danzt, un de Göös, de snatern darto.

25

Do heet dat mal, de König treckt dör't Land, un in'e Stadt nich wiet af will he en grote Fest geven för all de Groten in't Land, un sin eenzige Soehn schall sik dar mang all de Deerns en Bruut utsöken. So'n königliche Inladen kümmt uck in dat Slott an'e See, un de Deeners bringen 'n na se's Herr, de dar sitt an't Finster, sin lange witte Haar um sik, un sin Tranen lopen in'e lütte Bek. Man as de König sin Order kümmt, do dröögt he sik de Ogen un seggt se schoe'n em feine Tüüg bringen un Eddelsteens, un denn treckt he dat an. Un denn lett he sin Schimmel de Sadel up leggen un he lett 'n utstaffeern mit Sied un Gold, he will de König in'e Mööt rieden.

Nu hett uck Plünnengör vun dat grote Fest in'e Stadt hört, un do sitt se an de Koekendör un blarrt, um dat se nich kann hengahn un kieken sik dat an. De ole Kinnerfruu, de hört ehr dar jaulen, un do geiht se hen na de Herr un seggt, he schall doch man sin Enkeldochter mitnehmen na de Ball. Do ward he füünsch un seggt, se schall still swiegen, un de Deensten, de lachen un seggen, dat Plünnengör is heel un deel tofreden, se schall man mit de Goosjung spelen, to wat anners döcht se doch nich.

Nochmal geiht de ole Kinnerfruu hen na de Baron un seggt, he schall de Deern doch mitgahn laten, un nochmal, man he kickt ehr blots füünsch an un schimpt, un toletzt jagen de anner Deensten ehr weg un maken Narr na ehr. Do is se ganz trurig, dat se nix hett beschicken kunnt, un se will wedder hen na dat Plünnengör, man de hett de Koeksch wieldes wegjaagt, un do is se na ehr Fründ, de Goosjung henlapen. Un se vertellt em, wo trurig as se is, um dat se nich mitdörv na de König sin Ball.

26

Do seggt de Goosjung, se schall sik dat man nich so to Harten nehmen, se schall man mit em to Stadt gahn, seggt he, un kieken de König un allens an. Do kickt se trurig dal up ehr plünnige Rock un ehr blote Fööt. Man de Goosjung blaast foorts en lustige Stück up sin Fleut, un do vergitt se ehr Kummer, un ehrer se dat recht wies ward, do hett he ehr al an de Hand faat', un do danzen se tohopen, de Göös vörut, de Straat dal na Stadt to.

Se sünd noch nich wiet kamen, do kümmt dar en staatsche junge Mann in smucke Tüüg anrieden un fraagt, um se em koenen de Weg wiesen na dat Slott, 'nem de König loscheeren deit. Ja, seggen se, dar woe'n se uck jüst hen, un do stiggt he af vun sin Peerd un geiht blangen se her.

De Goosjung kriggt sin Fleut rut un kümmt bi un blasen liesen en smucke Stück, un de frömde junge Mann kickt ümmer blots de Deern ehr smucke Gesicht an. He mag ehr so geern lieden, he fraagt ehr, um se nich will sin Fruu warrn. Man do ward se lachen un schüttkoppt, dat ehr gelkruse Haar man so fleegen. De Lüüd wurrn em fix wat utlachen, seggt se, wenn he bikeem un nehm sik en Goosdeern to Fruu. He schall man um een vun de hogen Damen frien, seggt se, de he vunavend to sehn kriggt up de König sin Ball, un nich Spijöök drieven mit dat arme Plünnengör.

Man je mehr se em t'rüggwiesen deit, je söter spelt de Goosjung up'e Fleut un je grötter is de junge Mann sin Leev to ehr. Toletzt seggt he, se schall, sodennig as se is, mit ehr plünnige Rock un ehr blote Fööt un tosamen mit de Goosjung un sin Göös to Middernacht up de König sin Ball kamen, denn so will he vör de König un all de vörnehmen Damen mit ehr danzen un ehr all Lüüd vörstellen as sin leeve Bruut.

As dat do Middernacht ward un de Saal in't Slott is vull Licht un Musik un de de Damen un Herren sünd an Danzen, do geiht Slag twölf de Dör up, un rin kümmt Plünnengör, un mit ehr de Goosjung, un sin heele Flock mit un snatern. Do warrn de Damens tuscheln, un de Herren kriegen dat Lachen, un de König kickt heel verbaast.

Plünnengör is al neeg bi de Thron, do steiht ehr Frier up – he hett blangen de König seten – un kümmt ehr in'e Mööt. He kriggt ehr faat bi de Hand un gifft ehr vör alle Ogen dreemal en Söten. Un denn seggt he to de König – dat is nämlich de Königssoehn sülven we'n – he hett sin Bruut wählt, düt is se, seggt he, de smuckste un leevlichste Jumfer in'e heele Land.

He hett noch nich ferdig snackt, do sett de Goosjung sin Fleut an'e Mund un blaast ganz liesen, dat hört sik an, as wenn wiet weg in't Holt en Vagel singt, un as he so blasen deit, do warrn ut de Jumfer ehr Plünnen upmal smucke Kleeder, mit Eddelsteens besett, up'e Kopp hett se miteens en gollne Kroon un ut de Göös ward en ganze Reeg nüüdliche Deeners, de de lange Slep vun ehr Kleed drägen.

Do steiht de König up un grööt' sin Swiegerdochter, do blasen de Trumpetten ehr to Ehren, un up de Straat seggt dat Volk, nu hett de Königssoehn sik de smuckste Deern in't Land as Fruu utsöcht.

Man de Goosjung is verswunnen, un nümms weet, wat ut em wurrn is. De ole Baron is wedder na Huus reden na sin Slott an'e See, he hett ja swaren hatt, he wull sin Enkeldochter nie nich uck man mit een Oog ankieken. Dar sitt he nu wedder an sin Finster, de Tranen lopen noch duller as ehrdem, un he kickt trurig rut up'e See.

Kathrin un de Düvel

Dar is mal en Fruunsminsch we'n, de hett Kathrin heeten. Se hett en Kaat hatt un en Gaarn un uck noch wat Geld. Man se harr uck heel un deel mit Gold oevertrocken we'n kunnt, keen Jungkeerl harr wat mit ehr to doon hebben wullt, un wenn he noch so arm weer. Se is en dulle Gaffeltang we'n, leeg as de Düvel un mit en böse Muulwark. Se hett mit ehr ole Mudder tohopenlevt, un do hett se ja mennigmal Hülp nödig hatt. Man harr eener uck man een Penn nödig hatt för un warrn rett', un se harr Dalers betahlt, ehr harr he nich bistahn, denn för elkeen Schiet un Schet hett se foorts dat Schimpen un Krakeelen kregen, dat is tein Mielen wiet to hören we'n. Smuck we'n is se uck nich jüst, un sodennig is se oeverbleven, un toletzt is se al meist veertig Jahr oold we'n.

Nu is dar in't Dörp elkeen Sünndag Danzmusik we'n. Wenn in'e Kroog man knapp de Fiedel sik hett hören laten, denn is de Schenkstuuv al vull we'n mit junge Lüüd; up'e Del un buten vör hebben de Deerns stahn, un de Gören an'e Finstern. De eerste is ümmer Kathrin we'n. De Jungkeerls hebben sik denn se's Deerns ranwinkt, un de denn rin in de Krink. Man so'n Glück hett Kathrin nie nich hatt, un harr se uck de Fiedelsmann sülven betahlt. Man liekers hett se nich een Sünndag utlaten.

Mal geiht se wedder hen, un do denkt se ünnerwegens, se is nu al so oold, un noch nie nich hett se mit en Jungkeerl danzt, dat is doch to'n Dootargern, denkt se. Un wenn nich anners, denkt se, denn will se uck woll mit de Düvel danzen.

Giftig geiht se na de Kroog, sett sik dar up'e Abenbank un kickt to, wo de Jungkeerls sik se's Deerns utsöken. Do kümmt dar mitmal en Herr in de Stuuv rin, de is antrocken as en Jäger. He sett sik an'e Disch, nich wiet af vun Kathrin, un lett sik een inschenken. He kriggt sin Beer, un do nimmt he dat, geiht darmit hen na Kathrin un bütt ehr to drinken an. Se wunnert sik ja eerst, dat de Herr ehr so'n Ehr andeit, un se tiert sik en beten, man denn drinkt se, un geern deit se dat. De Herr stellt dat Glas hen, haalt en Daler ut de Tasch, smitt 'n de Fiedelsmann hen un verlangt en Solo. De Jungkeerls maken Platz, un de Herr kriggt sik Kathrin her to'n Danzen.

De Olen steken de Köppe tohopen un wunnern sik, wokeen dat woll we'n mag. De Jungkeerls vertrecken de Mund un de Deerns versteken sik een achter de anner un holen sik de Schört vör't Gesicht, dat Kathrin nich sehn kann, se lachen ehr ut. Man Kathrin süht keeneen, se freut sik man, dat se danzen deit, un harr de ganze Welt ehr utlacht, ehr weer dat eendoont we'n. De heele Namiddag un de heele Avend danzt de Herr mit keen anner as mit Kathrin, he köfft ehr Koken un Schockelaa', un as de Danz denn ut is, do geiht he mit ehr langs Dörp.

As dat denn Tied is un gahn ut'neen, do süüfzt se, se wull to un to geern mit em danzen bit an ehr Enne, jüst so as hüüt. O, seggt he, dat kann woll angahn, se schall man mit em kamen. Wonem he denn wahnen deit, fraagt Kathrin. Do seggt he, se schall sik em man um'e Hals hängen, denn so ward se dat al wies.

Se deit dat, un foorts ward ut de Herr de Düvel, un he flüggt mit ehr liektö na de Höll. Dar hollt he an un kloppt an'e Poort. Sin Kameraden maken up, un do sehn se, he is natt vun Sweet. Do woe'n se em dat wat lichter maken un em Kathrin afnehmen. Man de hollt fast as en Knieptang un lett sik um alle Welt nich losrieten. Wat de Düvel nu will oder nich, he mutt mit Kathrin um'e Hals hen na Lucifer, de boeverste vun de Düvels.

Wokeen he dar denn anslepen deit, fraagt Lucifer. Un do vertellt de Düvel, he is up'e Eerde we'n, un do hett he Kathrin jammern hört, dat se keeneen kriegen kunn un danzen mit, un do hett he ehr trösten wullt, seggt he, un mal mit ehr danzen, un he hett ehr uck mal en beten de Höll wiesen wullt. He hett ja nich ahnt, seggt he, dat se em nich wedder loslett.

Ja, seggt Lucifer, dat kümmt, he is en Doeskopp un passt nie nich up, wat he em seggen deit. Ehrer he mit jichens een wat anfangen deit, schall he eerstmal sehn, wat dat för een is. Harr he dar an dacht, seggt he, denn so harr he Kathrin sachs nich mitnahmen. Nu schall he man afhau'n un toseh'n un warrn ehr wedder los.

Vull Verdreet löppt de Düvel do wedder t'rügg up'e Eerde mit Kathrin. He verspricktehr gollne Bargen, wenn se em man will frielaten, he bedelt, he schimpt, man dat helpt allens nix. Toletzt kümmt he möö' un füünsch na en Wisch, dar is en Schäper in en gewaltige Pelz un wahrt sin Schaap. Do maakt de Düvel sik to en Minsch, un do kennt de Schäper em nich. Un do fraagt he de Düvel, wokeen he dar drägen deit.

Oh, seggt de Düvel, he is al ganz ut'e Puust, he kann knapp noch Luft kriegen. He is geruhig vör sik hen gahn, seggt he, un hett an nix Böses dacht, do is dat dare Wief em an'e Hals sprungen, un nu will se em um nix in'e Welt mehr loslaten, seggt he. He hett dacht, he will ehr in't neegste Dörp drägen, seggt he, un dar will he sehn un warrn ehr los, man he kriggt dat nich klaar, seggt he, he hett al ganz weeke Kneen.

Na, seggt de Schäper, he will em man en beten helpen, man nich lang', seggt he, he mutt ja sin Schaap wahren, man de halve Weg will he ehr woll drägen. O, seggt de Anner, denn is he al froh. Un denn bölkt de Schäper Kathrin an, se schall sik an *em* hängen.

Kathrin hört dat man knapp, do lett se uck al de Düvel los un hängt sik an'e Schäper. De hett nu wat un slepen – Kathrin un de gewaltige Pelz, de hett he sik morrns utlehnt hatt. Nich lang', do hett he de Näs vull, un he oeverleggt, wodennig he kann Kathrin loswarrn. He kümmt an en Diek, un do spickeleert he, um he ehr dar nich kann rinsmieten. Man wodennig? Vellicht kann he ja de Pelz sammt ehr uttrecken. Dat Dings is tämlich wied, un do probeert he dat. He treckt een Hand rut – Kathrin markt nix. De anner Hand – Kathrin markt ümmer noch nix. He knööpt de eerste Knoop up, de tweete, de drütte – un platsch! liggt Kathrin mitsamt de Pelz in'e Water.

De Düvel is nich mit de Schäper mitgahn, he sitt an'e Grund, wahrt de Schaap un luert, wo lang' dat woll duert, bet de Schäper kümmt mit Kathrin. Lang' mutt he nich luern. Mit de natte Pelz up'e Schullern kümmt de Schäper anlapen. He meent, de Anner is vellicht al in't Dörp un de Schaap lopen dar alleen, un so kieken de beiden sik groot an, de Düvel, dat de Schäper kümmt ahn Kathrin, un de Schäper, dat de Herr ümmer noch dar sitten deit. Un denn seggt de Düvel to de Schäper, he hett em en grote

Deenst daan, vellicht harr he anners bet an'e jüngste Dag mit Kathrin rumslepen musst. He will em dat gedenken, seggt he, un em malins belohnen. Un nu gifft he sik as de Düvel to erkennen, un denn verswinnt he. Do blifft de Schäper en Stoot stahn, as harr de Slag em drapen, un he denkt bi sik, wenn de Düvels all so doesig sünd as de dare, denn so is't guut.

In dat Land, 'nem de Schäper wahnen deit, dar is en junge König, de is so riek as man wat. Em hört ja allens, un he lett sik dat dar guut mit gahn. Dag för Dag söcht he blots sin Vergnögen, un kümmt de Nacht, denn so sitt he mit anner Jungkeerls in sin Stuuv un süppt. Twee Regenten kümmern sik um sin Geschäften, man de sünd keen Spier beter as se's Herr. Wat de König nich verjubeln deit, dat nehmen de beiden för sik, un dat Volk geiht dat man bannig kloeterig. Mal, do weet de König nich, wat he noch anstellen schall, un do röppt he sin Steernkieker un seggt, he schall för em un sin beide Regenten in de Tokunft kieken. De Steernkieker deit dat un kickt na, wodennig dat mit de dree mal to Enne gahn schall.

As he dar ferdig mit is, do seggt he, he truut sik nich un seggen dat, so leeg süht dat ut. Man de König seggt, he schall dat man seggen, eendoont, wat dat is. Man dröppt dat nich in, seggt he, denn so schall he de Kopp afhebben. Do seggt de Steernkieker denn, ehrer de Maand vull ward, do kümmt de Düvel na de beide Regenten, un bi Vullmaand haalt he uck em, de König, un denn slept he se all dree lebennig in'e Höll.

Do röppt de König, se schoe'n de dare Loegensack in't Kaschott smieten, un de Deeners doon dat. Man de König is in Wahrheit nich so to Moot, as he se wiesmaken will; wat de Steernkieker seggt hett, dat gifft em doch to denken. To'n eersten Mal röhrt sik bi em sowat as en Geweten. De beide Regenten warrn na Huus fahrt, un se sünd halfdoot. Keen vun se mag wat eten, se kriegen allens tohopen, wat se hebben, un denn dat to Perd un af na se's Sloet. Un denn laten se de vun alle Sieden verrammeln, dat de Düvel se man jo nich to Liev kamen kann. Man de König, de geiht in sik un levt vun nu an still för sik, un he geiht bi un regeert dat Land nu sülven. Vellicht kann he dat ja doch noch afwennen, denkt he.

Vun all dat weet de Schäper ja nix af. He wahrt elkeen Dag sin Flock Schaap un quält sik dar nich um, wat in de Welt vör sik geiht. Do steiht upmal de Düvel vör em un seggt, dat is nu so wiet, nu schall he de Lohn kriegen för de Deenst, de he em daan hett. He, de Düvel, schall de König sin Regenten in de Höll bringen, seggt he, wiel dat se hebben de König leeg raden un hebben de Armen beklaut. Bet de un de Dag, seggt he, schall de Schäper na dat eerste Slott gahn, dar sünd en Masse Lüüd up'n Dutt. Wenn dat dar denn en grote Larm gifft, seggt he, un de Deeners maken de Dören up, un he, de Düvel, slept de Herr weg, denn so schall de Schäper na em ran gahn un seggen, he schall wieken, anners geiht em dat leeg. He, de Düvel, will dat denn doon, seggt he, un weggahn. De Schäper schall sik denn vun de Herr twee Säcke mit Gold geven laten, un wenn de nich will, denn schall he man seggen, he will em, de Düvel, ropen. Denn schall he na dat tweete Slott gahn un dat dar jüst so maken. Dat Geld, seggt he, schall he blots to'n Guden bruken. Bi Vullmaand, seggt de

Düvel, denn is de König sülven an'e Reeg, man he schall jo nich versöken un kriegen de uck frie, anners geiht em dat sülven an't Ledder, seggt he un glitt sik af.

De Schäper markt sik dat allens. As de Tied dar is, do seggt he sin Deenst up un geiht na dat Slott vun de eerste Regent. Dar kümmt he jüst to rechter Tied, do stahn dar en Masse Lüüd un luern dar up, dat de Düvel afglieden deit mit de Regent. Upmal gifft dat en grote Larm in't Slott, de Dören gahn up un de Düvel kümmt anslept mit de Herr, de is ganz blass un al meist halfdoot. Do geiht de Schäper hen, kriggt de Herr bi de Hand, stött de Düvel bisiet un seggt, he schall afhau'n, anners geiht em dat leeg. Un de Düvel, de deit dat un verswinnt. Un de Herr kann sik gar nich wedder inkriegen vör Freud, un he fraagt de Schäper, wat he hebben will as Lohn, un as de Schäper twee Sack Gold hebben will, do lett de Herr de foorts bringen.

Denn geiht de Schäper na dat anner Slott, un dar löppt dat jüst so af. Dat is ja klaar, dat de König dar uck vun hört, he fraagt ja ümmerlos, wodennig dat geiht mit de Regenten. Un do schickt he en Waag na de Schäper, un as de anfahrt kümmt, do seggt he to em, he schall em doch uck retten ut de Düvel sin Klauen.

Tjä, seggt de Schäper, dat kann he em nich toseggen, he riskeert sin eegne Fell. He, de König, is en grote Sünner, seggt he, man wenn he em toseggt, dat he sik betern will un so regeeren, as sik dat hört för en König, denn so will he dat versöken, un wenn he sülven schall för de König in de Höll. Do seggt de König em dat to, un de Schäper seggt, he will an de dare Dag henkamen.

Nu luern se all up'e Vullmaand, un se sünd vull Angst. Eerst sünd se dat de König ja all günnen we'n, man nu he sik betert hett, do koenen se sik keen betere König wünschen, un nu deit he se all leed. Nich lang' do is de Dag dar un de König schall vun'e Welt. Do treckt he sik swatt an as to en Gräffnis un luert up'e Schäper oder de Düvel. Upmal geiht de Dör up, un rin kümmt de Düvel.

He schall sik klaar maken, seggt he, sin Tied is um, he will em nu halen. De König seggt keen Woort, steiht up un geiht achter de Düvel ran rut up'e Hoff. Do steiht dar en Barg Lüüd. Upmal drängelt de Schäper sik dar dör, heel un deel ut'e Puust, rennt up'e Düvel los un bölkt, he schall gau afhaun, anners geiht em dat leeg. Do ward de Düvel ja dull un fraagt de Scheper, wodennig he sik ünnerstahn kann un holen em up, um he vergeten hett, wat he em seggt hett. Do schellt de Schäper em för en Doeskopp un seggt, dat geiht nich um'e König, dat geiht um em, de Düvel. Kathrin is an't Leven, seggt he, un se fraagt na em.

De Düvel hört de Naam Kathrin, un weg is he, as harr de Wind em wegweiht, un lett de König König we'n. De Schäper lacht bi sik oever de doesige Düvel un freut sik, dat he hett de König up de Aart un Wies hulpen. De König maakt em denn to sin Minister un mag em so geern lieden, as weer he sin Broder. Un dar hett he recht an daan, denn de Schäper hett em ümmer guut raden un em truu deent. Vun de veer Säcke mit Gold hett he nich en Penn för sik beholen. Dar hett he de mit hulpen, de de Regenten dat afpresst harrn.

De kloke Deern

Dar sünd mal twee Bröder we'n, de eene hett soeven Soehns hatt un de anner soeven Döchter. Wenn nu de mit de soeven Soehns sin Broder bemött is, denn so hett he ümmer seggt: „Tjä, Broder, du mit soeven Blomenpütte un ik mit soeven Swerter." Dat hett de anner argert, un wenn he denn is na Huus kamen, denn is he ümmer verdreetlich we'n. Man sin jüngste Dochter, dat is en unbannig smucke Deern we'n un darbi bannig plietsch.

Nu süht se ja, ehr Vadder is ümmer so vergrellt, un do fraagt se em mal, wat em fehlen deit. Och, seggt he, sin Broder, de argert em dar ümmer mit, dat he blots hett soeven Döchter un keen Soehns, un wenn he em bemött, denn seggt he ümmer: „Tjä, Broder, du mit soeven Blomenpütte un ik mit soeven Swerter." Do seggt sin Dochter, wenn he dat mal wedder seggt, denn schall he man to em seggen, sin Döchter sünd klöker as de anner sin Soehns. Un denn, seggt se, denn schall he em en Wett anbeeden, de anner schall sin jüngste Soehn losschicken un he sin jüngste Dochter, un de dat denn toeerst klaar kriggt un nehmen de Königssoehn sin Kroon weg. Ja, seggt de Vadder, dat will he doon, un as he dat neegste Mal sin Broder dröppt, do seggt he dat to em, dat sin Döchter klöker sünd as de anner sin Soehns, un he sleit em jüst so'n Wett vör, as sin Dochter em dat seggt hett. Un de Broder is inverstahn, un do trecken de Jung un de Deern tosamen afste'.

Se sünd en Stoot gahn, do kamen se an en Bek, de hett jüst en Masse Water. De Deern, nich fuul, treckt ehr Schoh ut, nimmt de Rock hooch un waad't dör dat Water. Man de Jung denkt, för wat he sik schall de Fööt natt maken, he will man aftöven, bet dat Water sik verlapen hett. Un do sett he sik dal, un dat dat Water wat gauer weglopen schall, do nimmt he en Noetschell un ööscht darmit un gütt dat Water in'e Sand.

Wieldes geiht de Deern wieder, un do bemött se en Buernjung. Do seggt se to em, he schall ehr doch man sin Tüüg geven, denn so kriggt he ehr Tüüg. Dar is he mit inverstahn, un do nimmt se dat Mannstüüg un treckt dat an. Denn geiht se wieder un kümmt na de Stadt, 'nem de Königssoehn wahnen deit. Dar geiht se foorts na dat Slott un geiht dar ümmer up un dal. De Königssoehn steiht up'e Balkong, un do süht he de smucke Jung, röppt em na sik ran un fraagt, wo he heeten deit. Se heet Jehann, seggt se, un se is frömd dar, um se nich kann bi em in Deenst kamen. Ja, seggt de Königssoehn, se kann Schriever warrn bi em. Ja, seggt se, dat will se geern, un do nimmt he ehr in Deenst, un vun Dag to Dag hett he mehr Gefallen an sin Schriever. Man wenn he süht ehr feine witte Hänne, denn so denkt he mennigmal, dat is doch keen Mannshand, Jehann is wiss en Deern, denkt he. Un do geiht he hen na sin Mudder un vertellt ehr dat. Do meent se, wat he blots hett, warum dat nu jüst schall en Deern we'n. Man he seggt, he is sik dar wiss bi, Jehann is keen Mann, se schall sik doch blots mal sin feine witte Hänne ankieken:

    „Jehann, de schrifft
    mit fiene Hand,
    hett Fruunslüüd Aart,
    maakt dat Hart mi krank."

Do seggt de Königin to ehr Soehn, wenn he will Wissheit hebben, denn schall he man mit em in'e

Gaarn gahn. Plöckt he sik en Roos, seggt se, denn is he en Deern, man plöckt he sik en Nelk, denn is he wiss en Mann. Do röppt de Königssoehn sin true Deener un seggt to em, se woe'n en beten in'e Gaarn gahn, un dat doon se denn uck. Man de kloke Deern wahrt sik vör un kieken na de Rosen, se plöckt sik en Nelk un stickt de in't Knooplock. Do meent de Königssoehn, se schall doch mal de smucken Rosen ankieken, man se seggt, wat se dar denn mit schoe'n, se sünd ja doch keen Deerns.

Do geiht de Königssoehn wedder na sin Mudder, un de meent, se hett em dat ja foorts seggt. Man he will un will sik dat nich utsnacken laten, denn
    „Jehann, de schrifft
    mit fiene Hand,
    hett Fruunslüüd Wies,
    maakt dat Hart mi krank."

Do seggt de Königin, he schall Jehann man anschünnen, se woe'n an'e See un baden, wenn he dar denn up ingeiht, seggt se, denn is doch allens klaar. De Königssoehn röppt denn ja sin Schriever un seggt, dat is so warm vundaag, um se nich schoe'n hengahn un baden. Ja, seggt de kloke Deern, warum nich, se woe'n man foorts afste'. Man as se an'e Strand kamen, do röppt se mit'nmal, se hett de Handdöker vergeten, he schall man en Ogenblick töven, seggt se, se will gau t'rügglopen na't Slott un halen se. Un do löppt se in't Slott, geiht na de Königin un seggt, de Königssoehn will stracks sin gollne Kroon hebben, he hett seggt, se schall ehr de man foorts mitgeven. Do gifft de Königin ehr de Kroon, un de kloke Deern schrifft gau up en Zeddel:
    „As Jumfer bün ik kamen,
    as Jumfer gah ik weg,

vernarr holen is de Prinz
bannig plietsch un frech."

De dare Zeddel backt se an'e Poort vun't Slott, un denn to Perd un mit de Kroon wegreden. As se do an'e Bek kümmt, do sitt ehr Vedder ümmer noch dar un ööscht Water mit sin Noetschell. Do lacht se un wiest em de gollne Kroon un seggt, um ehr Vadder nich hett Recht hatt, dat sin Döchter klöker sünd as he un sin Bröder. Un denn ritt se dör de Bek un na Huus.

Wieldes töövt de Königssoehn ümmer noch up sin Schriever. Toletzt duert em dat to lang', un he geiht na Huus, un do süht he al vun wieden de Zeddel an'e Poort. He lest 'n, un do ward he heel trurig, un he löppt na sin Mudder un seggt, um he ehr dat nich al ümmer hett seggt, Jehann is en Deern, un nu is se weg, seggt he, un he wull ehr doch to Fruu hebben. Un do stiggt he to Perd un treckt los, he will de smucke Deern söken.

En lange Tied ritt he ümmer liekut, un wenn he een bemött, so fraagt he, um he nich hett en smucke Jung vörbirieden sehn. Man keeneen kann em Bescheed geven. Toletzt kümmt he an de Bek, 'nem de anner Broder sin Soehn ümmer noch sitt un ööscht Water mit de Noetschell, un do fraagt he em, um dar nich is en Jung vörbikamen to Perd mit en gollne Kroon in'e Hand. Do seggt de, dat is ja sin Kusien, de is wiss al to Huus, seggt he. Denn schall he em dar henbringen, seggt de Königssoehn, un do gahn se tosamen na dat Huus, 'nem de Deern wahnen deit. Wieldes hett se wedder Deernstüüg antrocken, un do süht se noch vel smucker ut. As de Königssoehn ehr do süht, do löppt he gau hen na ehr un seggt, se schall sin leeve Fruu warrn. Un denn nimmt he ehr mit na sin Slott, un ehr Vadder un ehr Süstern kamen dar uck hen, un denn fiern se en grote Hochtied, un se leven glücklich un tofreden – un wi sitten hier un koenen uns de Näs wischen.

De Königsdochter ut dat Ei

Dar is mal en König we'n un en Königin, de hebben keen Kinner hatt, un dar sünd se bannig trurig um we'n, afsünnerlich denn, wenn se sehn hebben, wovel Kinner de eenfache Lüüd faken hebben. Ganz dull trurig is de Königin ümmer denn we'n, wenn de König nich to Huus we'n is. Denn hett se meisttieds in'e Gaarn ünner en grote Linn seten, hett de Kopp hängen laten un hett vör sik hen weent.

Mal sitt se dar uck wedder, do is de König los we'n un kieken sik all dat Kriegsvolk an, wat dar an de Grenz vun sin Riek steiht un dat anner Kriegsvolk afmöten schall, wat dar will in sin Riek inbreken. Un do föhlt se sik so bang' um't Hart, as wenn dat en grote Unglück geven schall, un ehr Ogen sünd ganz natt.

As se de Kopp wedder hooch kriggt, do süht se so'n ole lütte Fruu, de geiht an Krücken, un an de Quell bückt se sik dal un drinkt, un as se dar is ferdig mit, do kümmt se liek na de Linn henhumpelt, 'nem de Königin sitten deit. Se böögt de Kopp un seggt to de Königin, se schall dat man nich oevel nehmen, dat se dat wagen deit un kamen ehr vor Ogen, un se schall man uck nich bang' we'n, seggt se, vellicht is se jüst to rechte Tied kamen un bringen ehr Glück.

De Königin meent ja, se süht nich so ut as wenn se sülven hett dat Glück so rief, wodennig se denn woll kann annern wat darvun geven. Man de Oolsch seggt, se schall ehr mal ehr Hand wiesen, dat se sehen kann, seggt se, wodennig dat ward mit ehr. Na, de Königin reckt ehr de Hand ja hen, un do kickt se sik de Streken un Linjen nipp an, un denn seggt se, de Königin ehr Hart is swaar vun twee Sorgen, een ole un een nüe. De nüe Sorg, seggt se, dat is de um ehr Mann, de is ja wiet weg, man in en veertein Daags Tied kümmt he heel un gesund wedder, seggt se, un denn bringt he gude Naricht. Man ehr ole Sorg, seggt se, dat is, dat se keen Kinner hett. Do stickt de Königin sik root an un will de Oolsch ehr Hand wegtrecken, man de seggt, se schall en beten Gedüür hebben, denn kümmt allens upmal torecht.

Do fraagt de Königin, wokeen se is un wodennig se kann ut ehr Hand ehr Hartensgedanken aflesen, man de Oolsch seggt, ehr Naam is eendoont un uck, wat dat för'n Kraft is, de ehr de Königin ehr Wünsch verraden deit. Ehr Liev, seggt de Oolsch, dat is verwünscht un darum verslaten, un de dare Macht mutt eerst braken warrn, seggt se, ehrer kann se keen Kinner kriegen. Man *se* kann dat maken, seggt de Oolsch, man denn mutt de Königin allens doon, wat se ehr seggen deit. Jo, seggt, de Königin, dat will se geern, un se will ehr uck guut betahlen, wenn se dat man wahr maken deit.

Do denkt de Oolsch en ganze Tied na, un denn seggt se, bi een Jahr, denn so schall dat wahr warrn. Un se treckt ut ehr Bussen en Bünnel, dat is inwickelt in en Barg Plünnen, un as de letzte Plünn afnahmen is, do kümmt dar en lütte Schachtel rut, de is ut Barkenschell maakt. De dare Schachtel gifft de Oolsch de Königin un seggt, dar is en Vagelei in, un dat Ei, seggt se, dat schall se an ehr Bussen dree Maanden lang utbröden, denn kümmt dar en lütte lebennige Popp rut, seggt se, de süht ut as en Minschenkind. De dare Popp, seggt se, de schall se denn in en Schachtel mit Wull leggen un schall 'n so lang wassen laten, bet 'n is so groot as en nübar'ne Kind. Eten un Drinken bruukt 'n nich, seggt se, man de Schachtel mutt ümmer an en warme Stä' stahn.

Negen Maanden later, seggt de Oolsch, denn kriggt de Königin en lütte Jung. An de Dag is de lütte Popp jüst so groot as en Kind, seggt se, un denn schall se 'n bi de lütte Jung in't Bett leggen un schall to de König seggen, se hett Twillings kregen, en Jung un en Deern. De Jung, seggt se, de schall se an ehr eegne Bost nehmen, un för de Deern, dar schall se en Amm för annehmen. Un wenn de beide Kinner döfft warrn schoe'n, denn so schall se *ehr* to Vaddersch beden. In de Schachtel, seggt se, dar liggt ünner de Wull so'n lütte Fedderbusch, de schall de Königin denn to't Finster rutpuusten, denn kriggt se, de Oolsch, foorts Bescheed un kümmt denn un stahn Vaddersch bi ehr Dochter. Man se schall jo keeneen wat darvun vertellen, wat ehr nu bemött is. De Oolsch hett dat man knapp seggt, do maakt se uck al, dat se wegkümmt, un as se man is tein Schred weg, do is dar nix mehr to sehn vun en ole Wief, do is dar mitmal en junge Fruu, de geiht so risch, meist as wenn se flüggt. De Königin is noch heel un deel verbaast, un se harr sachs dacht, se harr dröömt, man de Schachtel in ehr Hand wiest, dat is allens wahr. Do is ehr miteens heel licht um't Hart. Un denn geiht se in ehr Stuuv, un dar wickelt se de Schachtel mit dat Ei – dat liggt dar in in weeke Wull – de Schachtel wickelt se in siedene Döker un stickt 'n denn in ehr Bussen, so as de Oolsch dat seggt hett.

Jüst sünd twee Wuchen rum na de Besöök vun de Oolsch, do kümmt de König t'rügg, un vun wieden al röppt he, he hett wunnen un de Fiend slaan, un nu hebben se eerstmal Ruh. Wat de Oolsch vörutseggt hett, dat is nu ja allens indrapen, un do gloovt de

Königin bi lütten, mit dat anner hett dat sachs uck sin Richtigkeit. Se wahrt de lütte Schachtel mit dat Ei an ehr Bussen, un se lett en lütte gollne Kasten maken, dar leggt se de Schachtel rin, dat 'n man jo un jo nich twei geiht.

Na dree Maanden krüpp dar ut dat Ei en lebennige Popp, half so lang as en Finger, un de ward in de Wullschachtel leggt, so as dat we'n schall. So is uck dat tweete wahr wurrn, wat de Oolsch seggt hett. Un nu ward de Königin luern up de Tied, dat se dat eerste Mal schall Mudder warrn. Un richtig, na en Jahr kriggt se en lütte Jung, jüst so as de Oolsch dat vörherseggt hett. Do nimmt se de lütte Deern ut de Wullkasten un leggt ehr in de Weeg to ehr Soehn, un denn lett se de König Bescheed geven, se hett Twillings kregen, en Jung un en Deern. Un do freut de König sik ganz unbannig, un dat Volk uck.

As de beide Kinner döfft warrn schoe'n, do maakt de Königin dat Finster so'n beten up un lett de lütte Fedderbusch fleegen, dat se de Vaddersch rankriggt för de Deern, se meent heel wiss, dat se denn sachs kümmt to rechte Tied. All, de inladen sünd to de Kinddööp, de sünd al dar, do kümmt dar en smucke Kutsch an mit söss dottergele Perde darvör, un do stiggt dar en junge Fruu ut, de hett en siedene Kleed an mit Gold, dat lücht' as de Sünn, un se hett en Sleier vör't Gesicht. Un as se de Sleier afnimmt, do is se so smuck, so'n smucke Fruunsminsch hett noch keeneen sehn. Un se nimmt de Deern up'e Arm un driggt ehr na de Dööp, un do kriggt de Lütte de Naam Dotterine. Dat versteiht keeneen as de Königin, de weet ja, de Deern is as en Vagel ut en Ei krapen.

Bi de Jung steiht en vörnehme Herr Vadder, un he kriggt de Naam Willem. Na de Dööp nimmt de Deern ehr Vaddersch de lütte Schachtel mit de Eierschellen vun de Königin, un se leggt de Deern in de Weeg un seggt liesen to de Königin, so lang' as de Deern in de Weeg slapen deit, mutt de dare Schachtel blangen ehr liggen, denn so passeert ehr nix Leeges. In de Schachtel, seggt se, dar liggt ehr Glück in. Darum schall se 'n wahren as ehr Oogappel, un wenn de Deern verstännig ward, denn schall se ehr dat uck seggen, se schall up dat dare Ding bannig uppassen, uck wenn 't na nix utsehn deit. Denn seggt se noch allerhand to de Mudder, wodennig de ehr Dochter groottrecken schall, un denn gifft se de Deern noch dreemal en Söten, seggt adjüs, stiggt in de Kutsch un fahrt weg. Keeneen weet, wonem se herkamen is oder wonem se afbleven is, un de Königin seggt nix na, se seggt blots, dat is en Königsdochter vun wied, wied weg.

De Kinner diehen guut, Willem mit de Melk vun sin Mudder, Dotterine an de Amm ehr Bost. De mag de dare Deern so geern lieden, as wenn dat weer ehr eeg'ne, un so behollt de Königin ehr uck later as Kinnerfruu. Dotterine ward elkeen Dag smucker, de öllere Lüüd meenen, se ward wiss mal ehr Vaddersch liek. De Amm markt denn un wenn, dar kümmt to nachtslapen Tied mennigmal en frömde smucke Fruu un kickt na de Deern. Se vertellt dat de Königin, un de seggt, se schall dar jo keeneen wat vun seggen.

As de Twillings twee Jahr oold sünd, do ward de Königin mitmal dull krank, un all de Dokters vun wied un sied koenen ehr nich helpen. Se markt dat sülven, mit ehr geiht dat to Enne, un do röppt se Dotterine ehr Kinnerfruu. Se gifft ehr de Glücksschachtel mit de Eierschellen un seggt to ehr, se schall dat dare snaaksche Ding jo un jo guut wahren. Wenn de Deern tein Jahr oold is, seggt de Königin, denn schall se ehr dat geven un schall ehr seggen, se schall dat ganz dull in acht nehmen, dar liggt ehr Glück in. Um ehr Soehn, seggt se, maakt se sik keen Sorgen. He schall ja mal dat Riek arven, un um em kümmert sik sachs de König.

De Kinnerfruu mutt ehr swören, dat se dat keeneen verraden deit. Denn lett se de König an ehr Bett ropen un seggt, he schall doch man de fröhere Amm vun Dotterine as ehr Kinnerfruu behollen, so lang' as Dotterine dat hebben will. De König seggt ehr dat to, un noch desülve Avend blifft de Königin doot.

En paar Jahr later haalt de König sik en nüe Fruu in't Huus, en junge een. He is ehr ganz eendoont, man he gellt ja wat, blots darum nimmt se em. De eerste Fruu ehr Kinner kann se nich utstahn, un do schickt de König se weg, dat se annerwegens uptrocken warrn, un Dotterines Kinnerfruu sorgt för se as en Mudder. Wenn dat mal mallöört, dat se de Steefmudder vör Ogen kamen, denn so stött de se weg mit'e Foot as junge Hünne, un so wahren de Kinner sik vör ehr as vör Füer.

As Dotterine tein Jahr oold is, do gifft de Amm ehr dat Geschenk vun ehr Vaddersch un seggt, se schall dat ümmer guut wahren. Man dat süht ja na nix ut, un so maakt se sik dar wieder nix ut, se leggt dat in de Kist to all dat anner, wat se arvt hett vun ehr Mudder, un denn denkt se dar nich mehr an. Sodennig sünd en paar Jahr vergahn, do is de König mal nich dar, un do bemött de Steefmudder Dotterine in'e

Gaarn, se sitt dar ünner en Linnenboom, un do geiht se up ehr dal as so'n Haavk up'e Höhner, se ritt ehr an'e Ohren un haut ehr, dat Bloot löppt ehr man so ut Mund un Näs. Do löppt de Deern na ehr Stuuv, man de Kinnerfruu is nich dar, un do ward se an dat Geschenk vun ehr Vaddersch denken, un se nimmt dat ut'e Kist un will mal kieken, wat dar in is, man blots, dat se up anner Gedanken kümmt. Man dar is wieder nix in as en Handvull Schaapwull un en paar leddige Eierschellen. Un ünner de Wull, ganz nedden in'e Schachtel, dar liggt so'n lütte Feddersbusch. Un as de Deern dar nu so an't apene Finster steiht un sik de Kraam ankickt, do kriggt so'n lütte Wind de Feddern faat un weiht se weg. Boots! steiht dar mitmal en frömde, smucke Fruu blangen Dotterine, eit ehr un seggt, se schall man nich bang' we'n, se is ehr Vaddersch, un se is kamen un will na ehr sehn. Se weet dat woll, seggt se, dat Leven is hart för ehr bi de dare Steefmudder, man se schall man utholen. Wenn se utwussen is, seggt se, denn hett de Steefmudder keen Macht mehr oever ehr, un anner leege Lüüd koenen ehr uck nix doon, wenn se man ehr Schachtel nich verleeren deit. Un uck de Eierschellen, seggt se, de schall se guut verwahren. To rechter Tied gahn de wedder tosamen to en lütte Ei, seggt se, un denn is ehr Glück dar. Se schall sik man en lütte siedene Büdel nehn darto, un denn schall se 'n ümmer an't Liev drägen, denn so kann ehr keeneen wat Leeges andoon. Man wenn ehr wat passeert, seggt se, un se meent, se kümmt dar alleen nich mit klaar, denn so schall se de Feddersbusch ut'e Schachtel nehmen un 'n rut na buten puusten, denn kümmt se foorts un helpt ehr. Un denn geiht se mit de Deern rut in'e Gaarn un sett sik mit ehr ünner de Linn, dar hört ja keeneen to. Un dar vertellt se ehr so vel, de

Deern markt gar nich, dat de Sünn al ünnergahn is un dat al meist Nacht is. Do seggt ehr Vaddersch, se schall ehr mal de Schachtel geven, se will wat to Avendbrood ranschaffen, dat se nich mutt hungerig to Bett gahn. Un denn seggt se en paar Wöör oever de Schachtel, un do stiggt dar en Disch ut de Eerde mit allerhand Gudes to eten up. Do eten se sik beide satt, un denn bringt se de Deern wedder in de König sin Huus, un up'e Weg bringt se ehr de Wöör bi, de se to de Schachtel seggen mutt, wenn se jichens wat bruken deit. Un dat is gediegen, vun do an schimpt de Steefmudder meist gar nich mehr mit ehr, se is meist ümmer fründlich to ehr.

En paar Jahr later is Dotterine en junge Fruu wurrn, un se is so smuck, so wat hett noch keeneen sehn. Do gifft dat Krieg, un de ward vun Dag to Dag leeger. Toletzt liggt de Fiend rund um de Königsstadt, un keeneen kann mehr rut noch rin. De Lüüd hungern, un uck in de König sin Huus hebben se bald nix mehr to eten. Do lett Dotterine de lütte Fedderbusch fleegen, un wupp! foorts is ehr Vaddersch dar. Un as de Königsdochter ehr vertellt hett, wo leeg dat gahn deit, do seggt se, ehr kann se retten, man de annern moeten sülven sehn, wodennig se t'rechtkamen. Un denn nimmt se ehr an de Hand un geiht mit ehr ut de Stadt rut un liek mank de Suldaten dör, de hett se sodennig de Ogen verblennt, se warrn de beiden gar nich wies.

De neegste Dag fallt de Stadt, un de König ward samt all sin Lüüd fangen nahmen, blots sin Soehn Willem, de is bitieden utneiht. De Königin is doot, se is vun en Speer drapen wurrn. För Dotterine hett ehr Vaddersch Buerntüüg anschafft, un se hett ehr Gesicht so verännert, keeneen kann ehr kennen. Un

denn seggt se, wenn dat wedder betere Tieden gifft
un se will wedder sik sülven liek seh'n, denn schall
se man ehr Schachtel rutkriegen un de dare Wöör to
'n seggen, un denn schall se seggen, dat 'n ehr wed-
der schall ehr eegne Utsehn geven, denn so schüht
dat uck. Man nu mutt se gedüllig we'n, seggt se, bet
dat beter ward. Un denn seggt se nochmal, se schall
de Schachtel guut verwahren, un denn glitt se sik af.

Dotterine geiht en paar Daag vun Dörp to Dörp, man
dat is dar allens twei, un so finnt se keen Dack oever
de Kopp un keen Deenst. Hungern bruukt se nich,
ehr Schachtel gifft ehr ja wat to eten, man up de
Aart will se doch nich wieder leven, un do nimmt se
en Deenst an up en Buernhoff. Dar will se blieven,
bet de Tieden beter warrn. Toeerst is de sware Ar-
beit ja bannig hart för ehr, man um se sik nu so gau
dar an wennt oder um de Schachtel ehr helpen deit,
na dree Daag geiht ehr dat allens so licht vun'e
Hand, as weer se darbi groot wurrn.

Mal kümmt dar en Eddelfruu dör dat Dörp fahrt,
jüst as Dotterine bi is un schüern buten up'e Hoff
wecke holten Foet. De Deern ehr Aart mag se lieden,
un do hollt se an, röppt ehr na sik ran un fraagt, um
se nich will bi ehr in Deenst gahn. Ja, seggt se, dat
will se geern, wenn de Buer ehr Verlööv gifft. Oh,
seggt de Fruu, dat will se al mit em klaar maken, un
denn mutt de Deern sik achtern rup setten, un de
Daam fahrt mit ehr na de Herrenhoff. Dar hett Dot-
terine dat wedder lichter, se hett nix to doon as
rümen de Stuven up un helpen de de Fruu un ehr
Dochter bi't Antrecken.

En halve Jahr later kümmt denn de Naricht, de ole
König sin Soehn – de is ja utneiht we'n – de hett in'e

Frömm en Barg Kriegsvolk sammelt un hett nu sin Riek t'rüggwunnen un is sülven König wurrn. Man de ole König is in't Kaschott dootbleven. Do weent Dotterine heemlich – de annern schoe'n dat ja nich marken – ganz dull weent se um ehr Vadder, denn ehr Vadder mutt de dode König ja we'n hebben, meent se.

As dat Truerjahr rum is, do lett de junge König bekannt maken, he will sik verheiraden. Do warrn all de vörnehme Jumfern in't Land inladen in de König sin Huus, dat he sik dar een vun utsöken kann. Uck de dree Döchter vun de Fruu, 'nem Dotterine bi deenen deit, maken sik praat, un se sünd all jung un staatsch. Nu hett Dotterine en paar Wuchen nugg to doon un staffeern de dree Frolleins ut. Un Nacht för Nacht dröömt se, ehr Vaddersch kümmt an ehr Bett un seggt, se schall eerst ehr Frolleins t'rechtmaken, un denn sülven achterran gahn. Keeneen, seggt se, kann dar so smuck we'n as se.

As dat Fest nu ümmer neeger kümmt, do kriggt ehr ümmer mehr de Unrast faat, un as de Fruu mit ehr Döchter afste' is, do smitt se sik up ehr Bett un blarrt. Do dücht ehr, se hört en Stimm, de seggt, se schall ehr Schachtel in'e Hand nehmen, denn so finnt se allens, wat se bruuken deit. Dotterine do gau de Schachtel rutkregen un de Wöör seggt, de se lehrt hett, un süh, do liggt dar feine Tüüg, stickt mit Gold. Se wascht sik dat Gesicht, un do süht se wedder so ut as fröher, un as se denn hett dat Tüüg antrocken un kickt in'e Speegel, do ward se meist bang' vör sik sülven, so smuck is se. Se geiht de Trepp dal, un do steiht dar vör de Dör en staatsche Kutsch mit veer dottergele Perde vör. Se sett sik rin, un heidi! afste' geiht dat, dat duert nich mal en Stunn, do is se al bi de König sin Huus. Se will jüst utstiegen, do verjagt se sik: se hett sik so gau antrocken, un do se hett ehr Glücksschachtel vergeten. Wat nu? Se will jüst umdreihn un t'rüggfahren, do kümmt dar en lütte Swulk anflagen, de hett de Schachtel in'e Snabel. Do freut Dotterine sik, nimmt de Schachtel ut'e Snabel un stickt 'n to sik, un denn dat so licht as en Katteeker de Trepp rup.

In'e Saal, 'nem dat Fest is, dar is allens een Prunk un Pracht, all de vörnehme Jumfern hebben sik fein maakt, um dat de König se wies warrn schall. Do geiht de Dör up un Dotterine kümmt rin, un do sehn all de anner Jumfern blass ut, so as de Steerns, wenn de Sünn upgeiht, un de junge König süht blots noch ehr. En paar ole Lüüd koenen sik noch up de Kinddööp vun de junge König un sin verswunnene Süster besinnen, un se meenen, se kunn sachs de Dochter vun de dare Daam we'n, de do Vadersch stahn hett bi de ole König sin Dochter.

De König will nich mehr vun Dotterine ehr Siet wieken, um de anner Gäste schert he sik gar nich mehr. As de Klock twölf slaan deit, do ward dat upmal unheemlich: De Saal is mitmal vull vun Wulken, nix is mehr to sehn. Na en Ogenblick ward dat wedder hell, un do steiht dar en Fruu, dat is Dotterines Vadersch. To de König seggt se, de Deern blangen em is de, vun de se meent hebben, dat weer sin Süster, un de verswunnen is, as de Stadt fullen is. Man dat is nich sin Süster, seggt se, se is de Dochter vun en König wied, wied weg, de is verwünscht we'n, man se hett ehr erlöst un do sin Mudder oevergeven. Un denn ballert dat, dat de Wänne bevern, un mitmal is se weg, keeneen weet, wonem se afbleven is.

De neegste Dag gifft de junge König denn Hochtied mit Dotterine, un dat is en grote Fest we'n. De König hett mit sin Fruu glücklich levt, bet he dootbleven is, man keeneen hett wat darvun hört, wonem de Glücksschachtel afbleven is. Vellicht hett de Vaddersch 'n ja mitnahmen, as se verswunnen is.

De Giezknüppel

Dar is mal en bannig rieke Mann we'n. Man keen Fruunsminsch hett em heiraden wullt, denn he is bannig nerig we'n un en Pennschieter. Man een Deern, de is klöker as de annern, un de hett dar nix gegen un snacken mit em. Toletzt, do friet he um ehr, un do seggt se foorts „Ja". De Ole freut sik, man he seggt uck foorts, he will ehr nix vörmaken. In sin Huus, seggt he, dar ward keen Füer anmaakt, un een Schilling, de mutt för de heele Wuch recken, se schall sik dat man guut oeverleggen, meent he. Man se hett ehr Woort geven, un dar blifft se uck bi, un do heiraden de beiden.

De Ole maakt sin Geldknipp uck nich en Spier wieder up. De Kartüffeln kriggt se aftellt, un dat Brood, dat leggt he in'e Sünn, dat dat arig hart ward un dar nich sovel vun eten ward. Man de Deern, de is ja plietsch, un se itt, ahn dat he dar wat vun wies ward. Se finnt en Verstek, dar wahrt de Ole en arige Dutt Geld up. Un do köfft se Höhner un ruppt se, un de Feddern verwahrt se in en Kist, dat de Ole dat nich marken schall. Sodennig drifft se dat, un se ward dick un rund. De Ole, de droögt ümmer mehr in, toletzt is he blots noch Huut un Knaken. Un he wunnert sik oever ehr Utsehn un seggt, ehr geiht dat ja würklich guut in sin Huus. Ehr Vadder sin Suppen, seggt he, de hebben ehr nie nich so fett maakt. De Deern kann de Ole sin Giez nich af, un do kann se sik nich mehr betähmen un seggt to em, wenn se blots dat harr eten wullt, wat he ehr geven deit, denn so weer se woll al mehr as eenmal dootbleven. Un wenn he weeten will, seggt he, wonem ehr sunne Klör herkamen deit, denn schall he man mal in de Kist kieken. Un do maakt se en grote Kist up, un do is de bet baven hen vull mit Höhnerfeddern. Tja, seggt se, dat hett se allens upeten.

As de Ole dat süht, do kriggt he de Daalslag un fallt um. Do bringen se em to Bett, un denn fangt de Fruu an un schriet, as wenn se luut klagen un jammern deit, un do kamen de Navers anlapen. As se in de Kamer rinkamen, do snackt de Ole noch, man he seggt ümmer blots wedder desülven Wöör, de he hett toletzt hört: „Allens ... min Fruu ... se itt ...min Fruu ... allens." Do seggt se to de Navers, se sünd Tügen, dat he seggt, se schall allens hebben. Un denn blifft he doot mit en scheeve Muul, un de Fruu kriggt allens, wat dar is in't Huus, un de Ole sin Sippschaft kann sik de Näs wischen.

De König sin Kaptaal

Dar is mal en Mann we'n un en Fruu, de hebben een Soehn hatt. Anners hebben se nix hatt – mennigmal nich mal dröge Broot. Up't letzt is de Jung so groot wurrn, sin Olen meenen, nu kann he för sik sülven sorgen, un do geven se em en Brootköst, setten em vör de Dör un seggen, he mutt nu in de Welt gahn un versöken sin Glück.

Do geiht de Jung liek hen na de König sin Hoff, un dar geiht he rin un fraagt, um he nich kann en Deenst kriegen. He will allens doon, wat se vun em verlangen, seggt he, wenn dat man ehrliche Arbeit is, un he will uck keen Lohn hebben, blots de Kost, dat langt. Man de König kann em anners to nix bruken, blots as Loopjung, denn mutt he allerlei utrichten un mal hierhen gahn un mal darhen, all darna, 'nem se em henschicken. Jo, seggt de Jung, dat is jüst dat Rechte för em, so'n sware Arbeit as de Knechten kann he ja noch nich doon, man he is flink to Foot, un rumlopen deit he geern, denn up de Wies kriggt he doch allerhand to seh'n. Do nehmen se em up, un he kriggt en Barg to doon, un allens wat he deit, dar sünd se heel tofreden mit.

Mal, do kriggt he en bannig wichtige Updrag. De König is nämlich en Wittmann, un nu will he wedder heiraden, en smucke, rieke Königin, de mag he bannig geern lieden. Man dat is swaar un kamen an ehr ran, darum schicken se de dare Jung. Un he hett uck Glück un maakt sin Saak so guut, he kümmt t'rügg na de König mit ehr „Ja", un do frien de König un de rieke un smucke Königin. Vun de Tied an steiht de Jung bi de König hooch in Kurs, un do kriggt he smucke Tüüg un uck gude Lohn.

Dar is Ridder Root bannig vergrellt oever – he is bi de König Huushoffmeister we'n oder sowat darher – un do denkt he an nix anners as, wodennig he kann de Jung an de Kant kriegen, ehrer dat de em verdwass kümmt. Do vertellt he de König mal, de Bengel hett darmit pocht, he kümmt klaar mit elkeen Updrag, un wenn de König em wull in de Höll schicken för un halen de Tinsen för sin Kaptaal – de sünd al lange Tied fällig, man kregen hett he se noch nie nich – he is de Mann darför, hett he seggt, lüggt Ridder Root.

Denn seggt hett de Jung dat nie nich, he hett ja noch nich mal wat vun de König sin Kaptaal un de fällige Tinsen wusst, un dat seggt he uck to de König, as de em kamen lett. Man dat helpt em nix, gar nix! De König seggt eenfach, he mutt dat doon. Man dat is ja en wiede Weg, un darum schall de Loopjung dütmal rieden, un darto gifft de König em en Zegenbuck.

He kriggt noch en Sack mit, de hebben se vull maakt mit wat to leven, un denn sett he sik up de Zegenbuck un ritt los in de wiede Welt, 'nem de Buck hen will. De bringt em nu in en grote Holt, un as he dar en arige Stück rinreden is, do kümmt dar en Kreih un snackt em an un fraagt em, 'nem he hen will. Tjä, seggt he, he schall na de Höll un schall för sin König de Tinsen dar afhalen. Oha, seggt de Kreih, dat is en lange Reis, un gefährlich upto, man 'n will em en gude Raat geven, seggt 'n, he schall man dar bi de Wuddel vun de dare Boom, 'nem 'n up sitten deit, dar schall he man nagraven, denn so finnt he dar en Swert; wat he darmit haut, seggt 'n, dat geiht in Stücken. Un noch en Raat will 'n em geven, seggt de Kreih, he schall nie nich vun de lieke Landstraat afbögen.

Do graavt de Jung bi de Wuddel vun de Boom na, un richtig finnt he dar en Swert. Na, denkt he, dat is sachs dat rechte, un do seggt he de Kreih velen Dank för de gude Raat un ritt liekut wieder de Landstraat lang. He is al en düchtige Stück wiederkamen, do kümmt dar en ole Wief achter em ran, de sitt up en Zeg, un dat is de Düvel sin Grootmudder. Se ritt blangen em un fraagt, um he nich will sin „Perd" mit ehr tuuschen. Nee, seggt he, dat will he behollen, dat hett sin Herr em geven to'n Rieden. Do versöcht se un besnacken em, dat he schall vun de lieke Weg afbögen, se kennt en feine Sietenweg, seggt se, un de is vel neeger. Man de Jung seggt, he will leever up'e lieke Landstraat blieven. Do büggt se af, rin in ehr Sietenweg, un de Jung ritt sin Weg wieder.

He ritt en Stück, do kümmt he an en Barg, dar stahn baven up twölf Jumfern un weenen. Do fraagt de Jung se, warum se so bedröövt sünd. Och, seggen se, dat schoe'n se woll, dar huust so'n gresige Undeert neeg bi, un de will se all to Wiehnachten to Avendkost upfreten. Een vun se hett en Fleut in'e Hand, de nimmt de Jung ehr fix weg un fraagt, wat de schall. Do schrien se all upmal, he schall dar man jo nich rinpuusten, anners kümmt dat Undeert foorts an. Man he kehrt sik dar nich an, he sett de Fleut an de Lippen un blaast dar rin, dat schallt man so oever de Bargen. Foorts kümmt dat Undeert an, un do hett et twölf Köppe. Gresig süht dat ut, man de Jung tickt dat blots mal an mit sin Swert, do springt dat ut'neen as in dusend Flintsteens. Do sünd de twölf Jumfern ja rett' un sehn to un kamen na Huus, un de Jung, de ritt wieder. Do kümmt de Düvel sin Grootmudder wedder bi em an un will em wedder besnacken, he schall vun de lieke Weg afbögen, man he blifft stuur un stüttig up sin Straat un will nix afweeten vun en Sietenweg, un do mutt de Düvel sin Grootmudder sik wedder afglieden.

As he denn is en arige Stück wiederreden, do kümmt he wedder an en Barg, dar stahn veeruntwintig Jumfern up un weenen. Do fraagt he se, wat se fehlen deit, un se seggen, dar huust en Undeert nich wiet af, dat will se all to Ooltjahrsavend to Avendkost upfreten. Een vun de Jumfern hett en Fleut, de ritt he ehr weg un blaast dar düchtig rin, un wat de Jumfern uck schrien un jammern, he schall dat nich doon, dar quält he sik gar nich um. Foorts kümmt dat Undeert an, un do hett et veeruntwintig Köppe, man se springen all in Stücken, sodraa he se man hett antickt mit sin Swert. Sodennig sünd uck düsse Jumfern rett', un de Jung ritt wieder. Nu kümmt de Düvel sin Grootmudder dat drütte Mal up ehr Zeg anreden un will em vun de lieke Weg afbringen. Man de Jung blifft fast un deit, as de Kreih em raden hett – un do mutt se sik wedder afglieden.

De Jung ritt liekut wieder de Landstraat langs, un do kümmt he an en drütte Barg, dar stahn sössundörtig Jumfern up un jammern un weenen. Dat kümmt darvun, dat se schoe'n upfreten warrn to Avendkost up Hillige-Dree-Könige vun so'n gresige Undeert. Een vun se hett wedder en Fleut, de ritt de Jung ehr weg un blaast dar rin, un dat Undeert kümmt, un dat hett sössundörtig Köppe. Man de fallen all af un dat heele Undeert springt in luter Flintsteens, sodraa as de Jung et hett antickt mit sin Swert. Sodennig hett he all tweeunsöventig Jumfern rett' vör de dre Undeerten mit de tweeunsöventig Köppe, un do treckt he wieder, un de Jumfern maken sik uck up'e Weg.

Man nu geiht dat gau vöran, un dar kümmt em nix mehr verdwass, un so kümmt he up't letzt vör de Poort vun'e Höll. Do liggt dar en gresige Lindworm vör, de kann een dat foorts ansehn, mit de is nich guut Kassbern eten. Man de Kreih hett em mehr seggt hatt, as wi eersten hört hebben, hett em för allens, wat em bemöten kann, en Raat geven. Un sodennig snackt he foorts mit de Lindworm un seggt, he schall 'n gröten vun sin Broder in't Holt, un dat versteiht 'n – dat is ja de Kreih we'n – un do lett 'n em rin dör de Poort na de Höll un deit em nix.

As he rinkümmt, do kümmt foorts de Düvel up em dal un fraagt, wat he will. Ja, seggt he, he schall gröten vun sin König, un he is kamen, seggt he, he schall de Tinsen halen för dat Kaptaal, de hett de Düvel ja al so lang' nich betahlt. Dar will de Düvel ja eerst nix vun weeten, man denn kümmt sin Grootmudder un flustert em in't Ohr, he schall man toseh'n un warrn de dare Bengel los, de is bannig gefährlich, seggt se, he hett al sin dree Soehns – de dree Undeerten mit de twölf, veeruntwintig un sössundörtig Köppe – afmurkst. He mutt em woll geven, wat he verlangt, seggt se.

Do ward de Düvel heel lütt, un do gifft he de Jung all de Tinsen, de he schüllig bleven is, in en grote Sack. Un de Jung geiht wedder ut de Höllenpoort rut un will up sin Zegenbuck wegrieden, do röppt em de Lindworm un seggt, he schall 'n de Huut aftrecken. Dat is en böse Stück Arbeit, man dat geiht ja allens, wenn een man will, un toletzt glückt em dat. Un as de Drakenhuut heel un deel aftrocken is, do steiht dar mitmal de smuckste Prinzessin, de 'n jichens sehn hett. Do nimmt he ehr mit up sin Zegenbuck, de mutt nu em un ehr un de Sack mit de Tinsen slepen, man de draavt liekers ganz fix afste', liek hen na de König sin Hoff.

As se sodennig sünd en lütte Stück reden, do seggt de Prinzessin, he schall sik mal umkieken. Do süht he, de Düvel un sin Grootmudder kamen, allens wat se koenen, up en Zeg achter se ran rieden, de hebben sachs jichens en Halunkenstück vör, dat se versöken un halen se in.

Do dreiht de Prinzessin sik mal um un spütt' achter sik up'e Weg, un dar ward foorts en grote See vun, dar koenen de Düvel un sin Grootmudder mit se's Zeg nich roeverkamen, man de beiden ut de Höll leggen sik dal un kamen bi un supen de See ut, un dat duert man *so* lang', do is de See leddig sapen.

Man wieldes sünd de Jung un de Prinzessin en arige Stück vörutkamen. Do seggt de Prinzessin, he schall sik nochmal umkieken. un do kamen de Düvel un sin Grootmudder warraftig wedder achter se ran. Do smitt de Prinzessin en Glasparl achter sik, un dar ward foorts en riesengrote Glasbarg ut. Nu mutt de Düvel wedder na Huus un trecken de Zeg scharpe Schoh an, 'nem 'n mit kann oever de Glasbarg kamen.

Dat duert sin Tied, un do sünd de Utneihers wedder en arige Stück vörut. Denn seggt de Prinzessin to'n drütten Mal, he schall sik mal umkieken, un do is de Düvel mit sin Grootmudder warraftig al wedder dicht achter se. Do röppt de Prinzessin: „Hellicht vörne, pickendüüster achtern!" Do gifft dat achter se en gresige Düüsternis un stangendicke Nebel, un vör se is hellichte Dag. Nu rieden se de lieke Landstraat wieder, bet se kamen in't Holt un an de Stä', 'nem do de Kreih up'e Boom seten hett un hett de Jung de gude Raat un dat gude Swert geven. Un richtig sitt de Kreih wedder dar un begrööt' se.

Do seggt denn de Kreih to de Jung, he schall 'n faat nehmen, schall 'n de Kopp afhauen un setten 'n de verkehrt rum wedder up. He deit dat, un do steiht dar upmal statts de Kreih en smucke junge Königssoehn vör em, dat is de Broder we'n vun de Königsdochter, de is ja in en Lindworm verhext we'n.

To nachtslapen Tied kamen se denn all dree an de König sin Hoff an. Man se woe'n dar wieder nich stören oder Unruh maken, un so bringt de Jung de Zegenbuck foorts in'e Stall un binnt 'n an sin ole Platz an, un de Königssoehn un de Königsdochter bringt he rup na sin Kamer, dar koenen se sik in sin Bett leggen, un he leggt sik dal up'e Del, un denn slapen se all dree to.

In de Nacht ward de Königin waak, un do maakt se de König uck waak un vertellt em, se hett dröömt, sin Loopjung is trüggkamen un hett se's beide Kinner mitbröcht, de se vör vele Jahr sünd stahlen wurrn. Och, seggt de König, dat is ja man en Droom, se schall em slapen laten, seggt he. Man dat duert nich lang, do ward se wedder waak vun de sülvige Droom, un denn dat drütte Mal, un do stahn se up un gahn eerstmal in'e Stall, un richtig! steiht dar de Zegenbuck up sin ole Platz. Denn gahn se na de Jung sin Kamer – liggt he dar up'e Del un slöppt as en Rott, un dar in't Bett liggen de beide Königskinner, dat harrn se al gar nich mehr dacht un kriegen de noch mal to sehn.

Do gifft dat natürlich en Freud ahn Enne an de König sin Hoff. De arme Jung kriggt de Königsdochter, de he erlöst hett, to Fruu un ward bannig riek. Un

Ridder Root jagen se ut't Land rut, un de Königssoehn helpt sin Vadder bi't Regeern, un as de Ole doot blifft, do arvt he dat heele Riek.

Dat Töverhoorn

Dar is mal en rieke Mann we'n, de is sin Fruu dootbleven, un se hett em man blots en lütte Deern t'rügglaten, de hett Greeten heeten, un de hett he bannig leev hatt. Nu wahnt dar up'e Naverschopp en Wetfruu, de hett uck en Dochter, een mit dree Ogen. Mal, do röppt se Greeten na sik ran un seggt, wenn ehr Vadder ehr will heiraten, denn so will se ehr en gude Mudder we'n. Se will ehr kämmen mit en gollne Kamm, seggt se, un se will ehr dat Gesicht waschen mit Melk, un to drinken schall se Wien hebben, seggt se. Un wenn se slöppt, denn schall ehr Dochter de Fleegen wegjagen, un wenn se waak is, seggt se, denn schall ehr Dochter mit ehr spelen. Dar dücht Greeten noch wat um, un do dibbert se so lang' bi ehr Vadder, toletzt seggt he „Ja" un heiraad't de Naversche.

En paar Daag lang hett de Lütte dat guut, man denn wiest de nüe Mudder sik recht as en Steefmudder. Dag för Dag schimpt se mit ehr rum, un nich lang, denn haut se ehr uck, un de stackels Deern waagt nich un vertellen dat ehr Vadder, wenn he avends kümmt vun'e Arbeit na Huus, anners weer ehr dat noch vel leeger gahn. För ehr grote Süster mit de dree Ogen mutt se de Hemden un Kleeder waschen, dat ehr dat Bloot man so ut de Fingern sprütten deit, oder se mutt up'e Koppel de Ossen wahren un darbi Flass spinnen. Wenn se denn alleen is up'e Koppel, denn weent se faken vör sik hen un klaagt ehr Leed. Do kümmt een Dag en smucke Bull ut de Drift na ehr hen un fraagt ehr, warum se weenen deit.

Och, seggt se, um se denn nich schall weenen. Wenn se dat dare Flass nich hett bet to Avend spunnen, denn so haut ehr Steefmudder ehr. Do seggt de Bull, se schall em dat Flass man mal geven. Na, Greeten deit dat, un wupps! sluckt de Bull dat oever. Do verfehrt de Deern sik nich wenig, man de Bull seggt, se schall man nich bang we'n, se schall sik man dalleggen un en bet' slapen, un wenn se wedder waak ward, denn is ehr Flass ferdig spunnen. Do slöppt se en beten, un as se waak ward, do liggt blangen ehr dat fienste Gaarn. Nu bruukt se sik nich mehr sorgen. Eendoont wovel Flass ehr Steefmudder ehr mitgeven deit, se kriggt dat ümmer ferdig, denn ümmer kümmt de Bull un deit ehr Arbeit.

Toletzt kümmt dat de Steefmudder snaaksch vör, un se markt, dar stimmt wat nich. Un do schickt se ehr Dochter mit de dree Ogen mit na de Koppel, se schall uppassen. Man Greeten weet sik to helpen. Toeerst spinnt se ümmer vörföötsch weg, un dar singt se bi, un dar slöppt ehr Süster bi in. Knapp is dat so wiet, do gifft se de Bull ehr Flass to dörkauen, un as de Süster wedder waak ward mit ehr dree Ogen, do is dat allens al ferdig spunnen. Un do kann se ehr Mudder ja nix anners seggen as: Greeten hett flietig spunnen.

Mal is Greeten wedder mit ehr Süster up'e Koppel, un do passt se nich richtig up, un dat drütte Oog blifft waak. Un darmit süht se denn, wodennig Greeten dat Flass an de Bull gifft, un de kaut dat denn to Gaarn. Un do vertellt Dreeoog dat avends ehr Mudder. Do seggt de, de Bull schall doot, un se schimpt mit Greeten un haut ehr mit de Füüst. Un Greeten löppt weg na de Bull un vertellt 'n dat. Do seggt de Bull, wenn 'n doot is, denn so schall Greeten tosehn un kriegen de Spitz vun sin rechte Hoorn.

As Greeten anner Morrn up'e Koppel de Ossen wahrt, do brummt dar upmal en grote Brems um de Bull sin Kopp, dat is de Oolsch, de is en Hex un hett sik to en Brems maakt. Do ward de Bull dull un birst afste' as mall. Nich wiet af is en ganze deepe Slunk, dar geiht en Brügg roever, un as de Bull dar ganz dicht bi is, do stickt de Brems – wat ja de Oolsch is – do stickt de em in beide Ogen. Do kann de Bull nix mehr sehn un kriggt de Brügg nich faat un fallt dal in'e Slunk. Greeten is langsam achterna gahn, un do finnt se ehr Fründ doot in'e Slunk. In't Fallen hett de Bull sik de Spitz vun't rechte Hoorn glatt afstött, un do finnt Greeten – de weent natürlich ganz dull – do finnt se de dare Spitz un stickt 'n to sik.

To Huus bi de Steefmudder geiht Greeten dat nu bannig leeg. De Oolsch gifft ehr ümmer mehr to doon up, schimpt mit ehr un haut ehr uck. Man ehr Dochter mit de dree Ogen, de deit nix, de putzt sik blots ümmer un maakt sik dat bequem. Man so smuck as Greeten is se liekers nich. Dat argert de Oolsch, un do will se Greeten loswarrn. Se bringt ehr deep rin in en Holt, un denn schickt se ehr na en Quell, se schall Water halen. In'e Twischentied maakt de Oolsch sik to en swatte Seber un sett sik ünner en Busch, se will tokieken, wo Greeten ehr söken un sik verlopen deit.

As Greeten t'rüggkümmt, do kann se ehr Steefmudder ja nich finnen, un do ward se bang' un löppt hen un her. Dat ward al schummerig, un se weet de Weg na Huus nich. Do fallt ehr upmal de Spitz vun't Hoorn dal, de hett se in'e Bussen hatt. Gau kriggt se 'n faat un swenkt 'n mal, se weet gar nich wodennig, un upmal kamen dar Ossen oever Ossen rut, dat ganze Holt ward dar witt vun. Un de letzte Oss, de

67

dar ut dat Hoorn kümmt, de hett gollne Hoorns un is sneewitt, un ganz totrulich kümmt 'n na Greeten ran. Blots mal, do ward 'n unruhig un scharrt mit de Fööt un geiht los up de Stä', 'nem de Steefmudder sitt. Do hett de sik gau vun en Seber to en Baar maakt un will up'e Bull dal, un do kamen se bi un hau'n sik. De Bull mit sin gollne Höörn rennt de Baar oever de Hupen, man dar brickt 'n de Spitz af vun sin rechte Hoorn. De Baar blifft an'e Eerde liggen un brummt ganz gresig. Un de Bull kümmt un leggt sik dal bi Greeten ehr Fööt, un dat lett, as wull he seggen, se schall em helpen. Do kümmt Greeten dar mitmal up un setten 'n de Hoornspitz up, de se bi sik hett. Un do ward ut de Bull upmal en smucke Prinz, un de anner Ossen warrn sin Ministers un Deeners.

Foorts kriggt de Prinz Greeten bi de Hand un treckt mit ehr in sin Riek, un dar maken de beiden denn Hochtied. Un de Steefmudder mutt nu so blieven, as se is, un so mutt se as gresige Baar dör dat Holt stromern un an ehr Poten sugen, bet se nich mehr weegen deit as dat Flass, wat Greeten elkeen Dag hett up'e Koppel spinnen musst.

De Jungkeerl mit de Fiedel

Dar is mal en Jungkeerl we'n, de hett gar keen Bruut hatt. Do geiht dat up Wiehnacht, un all de anner Jungkeerls gahn hen un fiern, man he blifft alleen to Huus sitten. Un do oeverleggt he, wat he nu maken schall. Un he geiht hen un köfft en Licht, un denn kriggt he sin Fiedel faat, geiht in't Waschhuus, dat liggt dar so'n beten blangenbi, stickt dat Licht an un sett dat up'e Aben. Un denn geiht he bi un spelt, ganz för sik alleen.

He hett en Tiedlang spelt, do kümmt dar en Deern rin na em in't Waschhuus, un se fangt an un danzt. Un denn kümmt se na em ran un gifft em en Söten. To Middernacht glitt se sik eerst wedder af. De neegste Avend geiht he wedder in't Waschhuus un spelt dar. Un de Deern kümmt wedder, danzt un gifft em en Söten. De drütte Avend snackt he dar oever mit sin ole Vaddersch, un de seggt, he schall sik en Krüüz umhängen, oever de Jack. Un wenn de Deern denn wedder kümmt un gifft em en Söten, seggt se, denn so schall he dat Krüüz afnehmen un ehr um'e Hals hängen. De Deern kümmt denn ja uck richtig un will em en Söten geven, un do hängt he ehr dat Krüüz um'e Hals. Do mummelt se wat ut't Finster rut, un anner Stimmen antern ehr. Do verjaagt he sik un beswiemt.

De anner Morrn kümmt he wedder to sik, un do süht he, de Deern sitt bi em. Do geiht he na Huus, un de Deern achter em ran. He snackt mit ehr, man se kann nix seggen. Do laten se de Preester kamen, un de lest ehr Gotts Woort vör, un do fangt se an un vertellt, 'nem se herkamen deit. Se is ut dat un dat Slott un de Graaf sin Dochter, seggt se. Un se seggt to de Jungkeerl, he schall mit ehr na ehr Vadder gahn.

Do maken de beiden sik up'e Weg mit en ole Krack vun Perd un en klapperige Waag. Man dar kamen se nich hen na dat Slott mit, de Waag brickt twei un dat Perd ward möö'. Do gahn se to Foots wieder, un toletzt kamen se denn bi dat Slott an. Man dar warrn se nich rinlaten. Do fragen se, um nich de Graaf hett en smucke lütte Kind. Ja, seggen se, dat hett he. Na, seggen de beiden, um dat Kind sünd se herkamen, un do warrn se rinlaten. Un de Graaf fraagt, wat se denn weeten vun dat Kind. Oh, seggt de Deern, se weeten nix anners, as dat is eenuntwintig Jahr oold, un dat wasst nich un dat blifft nich doot. Man dat Kind, seggt se, dat is gar nich sin Kind, nee, *se*, seggt se, se is sin richtige Dochter. Do will de Graaf dat nich gloven, wodennig se denn kann se's Kind we'n, fraagt he. Tjä, seggt se, en Hex hett ehr domals wegnahmen un hett dat anner Kind an ehr Stä' in'e Weeg leggt. Eenuntwintig Jahr is se nu bi de dare Hex we'n seggt se. Un se fraagt de Graaf, um se nich to de Tied hebben en Ball geven. Ja, seggt he, dat hebben se. Un um se do nich is en sülverne Lepel klaut wurrn, fraagt se wieder. Ja, seggt he, dat is uck richtig. Tjä, seggt se, wat se do denn mit de Huushöllersch maakt hebben. De hebben se dar för straaft, seggt he, dat se se beklaut hett. Un later, fraagt se, hebben se do nich noch en Ball geven? Un um se do nich is en sülverne Beker klaut wurrn. Jo, seggt de Graaf, dat stimmt. Do seggt de Deern, de Huushöllersch is dat nich we'n; de em beklaut hebben, dat sünd se un de Hexen we'n. Nu süht he doch woll, meent se, dat se is sin Dochter, un de dare Jungkeerl, seggt se, de will se to'n Mann hebben.

Do fraagt de Graaf, wodennig se denn kümmt to de dare arme Bengel. Un do vertellt se, he hett an'e Wiehnachtsavend in't Waschhuus Fiedel spelt, un do sünd se dar vörbikamen, un se hett em so geern tokieken wullt. Un do hebben se ehr rinschickt, seggt se, se schull vör em danzen, un se schull em en Söten geven, seggt se, denn se hebben em vernarr hollen wullt. Man de Bengel, seggt se, de is klöker we'n as se. Twee Avenden achter'nanner is se dar we'n, seggt se, man an'e drütte Avend, do hett he ehr en Krüüz um'e Hals smeten, un do hett se nich mehr weggahn kunnt. An'e neegste Morrn, seggt se, do is se achter em ranlapen, un sodennig hett he ehr erlöst.

Do nimmt de Graaf de Deern up as sin Dochter, man wat se mit dat dare Goer maken schoe'n, fraagt he, wat dar al eenuntwintig Jahr bi se is. Oh, seggt se, se schoe'n man en grote Brennhupen maken un 'n anfengen, un denn schoe'n se ehr dat Kind bringen. Un do bringen se ehr dat Kind, un se leggt dat up en Schüffel un smitt dat rup up'e brennen Hupen. Do schrien de Hexen ut't Finster, se schoe'n se's Kind nich verbrennen up'e Brennhupen. Un mitmal slaan de Flammen in'e Hööcht, un do platzt dat Goer dat Fell vun't Liev, un do blifft dar blots en Ellernstump up'e Füerstä'.

Un de Deern geiht hen na de Jungkeerl un nimmt em an de Hand un geiht mit em na de Füerstä', un de Graaf seggt to em, he schall man eerstmal hengahn un sik um sin Huus kümmern. Tjä, seggt he, he hett man keen Perde un fahrn dar hen. Do köfft de Graaf em Perde, un he köfft en Waag, un he gifft em en Kutscher, un do fahren se na dat Huus, 'nem de junge Mann in wahnen deit. Sin Kaat is man bannig ring, un do seggt de Graaf, bi een Maand, denn schall he en Huus vun Steen hebben. Un do buun se em en Huus vun Steen, un dar treckt he rin mit sin junge Bruut, un sünd se nich dootbleven, denn wahnen se noch in dat dare Steenhuus.

De kloke Kathrin

Dar is mal en König we'n un en Königin. De König hett vun sin eerste Fruu en Dochter hatt, Anna, un de Königin hett uck en Dochter mitbröcht hatt, de hett Kathrin heeten. Nu is Anna vel smucker we'n as Kathrin, liekers hebben de beiden sik leev hatt as twee richtige Süstern. Man de Königin is afgünstig we'n, um dat de König sin Dochter so vel smucker we'n is as ehr eegne, un so hett se ümmerto spickeleert, wodenig se ehr kunn verdarven. Do snackt se dar mit dat Höhnerwief oever, un do seggt de, se schall ehr de Deern de anner Morrn henschicken, man de schall vörher nix eten hebben.

De neegste Morrn seggt de Königin to Anna, se schall hengahn na dat Höhnerwief un halen ehr en paar Eier. Anna geiht ja los, man as se dör de Koek kümmt, do liggt dar en Brootköst, de nimmt se mit un knabbert dar ünnerwegens an.

As se denn na dat Höhnerwief henkümmt, seggt se to ehr, se schall ehr en paar Eier geven, so as se Bescheed kregen hett, un do seggt de Oolsch, se schall de Deckel vun de Putt afnehmen un dar rinkieken. De Deern deit dat, man dar passeert nix. Do seggt de Oolsch to de Deern, se schall na Huus gahn un to ehr Mudder seggen, se schall de Spieskamerdör beter tomaken.

Anna geiht ja na Huus un bestellt dat bi de Königin, so as de Oolsch dat hett seggt. Do markt de Königin, de Deern mutt an'e Morrn doch wat eten hebben, un do passt se de anner Morrn guut up, dat de Deern nix eten deit, ehrer dat se afste' geiht. Man ünnerwegens bemött se en paar Landlüüd, de sünd bi un plöcken Arften, un se is ja en fründliche Deern, un do snackt se en paar Wöör mit de Lüüd un nimmt en Handvull Arften un itt de ünnerwegens up.

As se do na dat Höhnerwief henkümmt, do seggt de wedder, se schall de Deckel afnehmen vun'e Putt un dar rin kieken, man dar passeert wedder nix. Do ward dat Höhnerwief dull un seggt, se schall to ehr Mudder seggen, ahn Füer kaakt keen Putt. Un Anna geiht na Huus un seggt dat to de Königin.

An'e neegste Dag geiht se mit de Deern mit na dat Höhnerwief, un as Anna do de Deckel vun'e Putt afnimmt, do fallt ehr smucke Kopp af, un up ehr Schullern, dar sitt en Schaapskopp up. Do is de Königin tofreden un geiht na Huus.

Man wat ehr Dochter Kathrin is, de nimmt en Linnendook un wickelt ehr Süster dat um'e Kopp, un denn nimmt se ehr an'e Hand un geiht mit ehr afste', se woe'n se's Glück söken. Toletzt kamen se an en Slott, dar kloppt Kathrin an un fraagt, um se kann oever Nacht blieven mit ehr kranke Süster. Do gahn se dar rin, un do sehn se, dat is en König sin Slott. Un de König, de hett twee Soehns, dar liggt de eene vun up'e Dood, un keeneen weet, wat em fehlen deit.

Man dat is gediegen, wenn dar een de Nacht bi em waken deit, denn so is de an'e neegste Morrn weg, verswunnen. Un do seggt de König, de bi em waken will, de schall en Spint[1] Sülver hebben. Nu is Kathrin keen Bangbüx, un do seggt se, se will bi em waken.

Toeerst is allens, as dat we'n schall. Man Klock twölf steiht de Königssoehn up, treckt sik an un sliekert

---

[1] Spint = Hohlmaß, ca. 8 Liter

liesen de Trepp dal. Kathrin ja achterran, man he markt dat nich. He geiht dal in'e Stall, leggt sin Perd de Sadel up, röppt sin Hund un denn rup up't Perd; Kathrin achter em uck rup. Sodennig rieden se dör dat Holt, un ünnerwegens plöckt Kathrin wecke Noet vun de Böme un stickt se in de Schörtentasch. Ümmer wieder rieden se, un toletzt kamen se an en gröne Barg. Do hollt de Königssoehn an un seggt. „Maak up, maak up, gröne Barg, un laat de Königssoehn in un sin Perd un sin Hund." Un Kathrin seggt gau. „Un de Deern achter em."

Foorts geiht de gröne Barg up, un do gahn se dar rin. Do kamen se in en grote Saal, dar is dat ganz hell in, un do kamen dar en Masse Ünereerdschen um'e Königssoehn rum un gahn mit em to'n Danzen. Kathrin hett sik gau verstaken achter de Dör, un keeneen hett ehr markt. Un do süht se, de Königssoehn danzt un danzt ümmerlos, toletzt kann he nich mehr un mutt sik dalleggen. Un do kamen de Ünnereerdschen un weihn em Luft to, un denn steiht he wedder up un danzt wieder. Toletzt kreiht de Hahn, un do de Prinz gau wedder rup up sin Perd, Kathrin jumpt achter em rup, un dat denn wedder na Huus.

As de Sünn upgeiht, do sitt Kathrin an't Füer un knackt Noet. De Königssoehn hett en ruhige Nacht hatt, seggt se, man de neegste Nacht will se blots denn bi em upblieven, wenn se kriggt en Spint Gold. Na, de tweete Nacht geiht jüst so as de eerste. Middernacht steiht de Königssoehn up un ritt na de gröne Barg na de Danz vun de Ünnereerdschen, un Kathrin mit em un plöckt ünnerwegens Noet. Dütmal lett se de Königssoehn Königssoehn we'n, se weet ja, he danzt un danzt blots ümmerlos. Do süht se en Kind vun de Ünereerdschen, de spelt dar mit so'n lütte Pinn, un do hört se, een vun de Ünnereerdschen seggt, dree Slääg mit de dare Pinn, un Kathrins Süster is wedder smuck.

Do kümmt Kathrin bi un rullt Noet hen na de lütte Ünnereerdsche, un dat so lang', bet de Lütte hentüffelt na de Noet un lett de Pinn dalfallen. Kathrin kriggt 'n gau faat un stickt 'n in'e Schörtentasch. As de Hahn kreiht, do rieden se wedder na Huus, un se sünd man knapp in't Slott, do Kathrin gau hen na Anna un tickt ehr dreemal an mit de dare Pinn, un do fallt de grimmige Schaapskopp foorts af, un do is se wedder de smucke Anna vun vördem.

De drütte Nacht will Kathrin blots denn bi de kranke Königssoehn upsitten, wenn se em to'n Mann kriggt. Allens löppt wedder so af as vörher. Dütmal spelt de lütte Ünnereerdsche mit en Vagel, un Kathrin hört een vun de Ünnereerdschen seggen, dree Mundvull vun de dare Vagel, un de kranke Königssoehn is wedder so gesund as ehrdem. Do rullt Kathrin all de Noet, de se hett, na de Lütte hen, bet de de Vagel fallen lett. Un do stickt Kathrin 'n in'e Schörtentasch.

As de Hahn kreiht, rieden se wedder na Huus, man dütmal knackt Kathrin keen Noet, se ruppt de Vagel un kaakt 'n. Un do treckt dar so'n feine Geruch dör de Stuuv. Oh, seggt de Königssoehn, he much to un to geern en Stück vun de dare Vagel eten. Do gifft Kathrin em en lütte Stück, un do stütt he sik hooch up'e Ellbagen. Oh, seggt he, wenn he doch kunn noch en Stück vun de Vagel kriegen. Do gifft Kathrin em wedder en Stück, un do sett he sik up in't Bett. Un do seggt he nochmal, he wull so geern noch en Stück vun de dare Vagel hebben. Do gifft Kathrin em de drütte Mundvull, un do is he gesund un stark un steiht up un treckt sik an. Un as de Lüüd an'e Morrn in de Stuuv kamen, do sünd Kathrin un de junge Königssoehn bi un knacken Noet.

Wieldes hett sin Broder Anna to Gesicht kregen, un do mag de ehr so bannig geern lieden, jüst so as elkeen, de de smucke Deern ankeken hett. Un do friet de kranke Königssoehn de gesunne Süster un de gesunne Soehn de kranke Süster, un wenn se nich dootbleven sünd, denn so leven se woll noch glücklich tohopen.

Nelk, Roos un Jasmin

Dar is mal en Fruu we'n, de hett dree Döchter hatt. Mal geiht de öllste an't Över lang, do süht se in't Water en Nelk. Se böögt sik dal un will 'n plöcken, do is se mitmal verswunnen. De neegste Dag geiht dat de tweete Süster jüst so, se süht in't Water en Roos. Un toletzt will de jüngste en Jasminblööt faatkriegen, de süht se in't Water, un do is se uck weg.

Nu is de Mudder vun de dree Deerns heel trurig, un se weent un weent, bet se toletzt en lütte Jung kriggt, de nöömt se Klaas. Un as de ranwussen is to en Mann, do fraagt he ehr, warum se ümmerto weenen deit. Do vertellt se em, wodennig dat togahn is, dat se hett ehr leeve Döchter verlaren. Do seggt he, se schall em man ehr Segen geven, denn will he dör de Welt trecken un sin Süstern söken. Un do treckt he afste'.

Ünnerwegens bemött he dree Keerls, de hebben sik ganz dull in'e Wull. Do geiht he hen na se un fraagt, wat dar los is. Do seggt een vun se, se's Vadder, seggt he, de hett se en Paar Steveln, en Hoot un en Sloetel t'rügglaten. Wenn 'n de Steveln antreckt, seggt he, un seggt, 'nem een hen will, denn so is 'n al dar. De Sloetel, seggt he, de maakt all Dören up, un hett een de Hoot up'e Kopp, denn kann nümms een sehn. Nu will de öllste Broder dat allens för sik alleen beholen, seggt he, man he un sin anner Broder, de woe'n dat mang se dree updeelen un dar um lotten. Och, seggt Klaas, dat lett sik ja t'rechtkriegen, he will se wedder verdrägen. He will düsse Steen – un darmit bört he een up – de will he wiet wegsmieten, seggt he, un de 'n toerst faat kriggt, de schall de dree Deele hebben. Dar sünd se mit inverstahn, un do smitt he de Steen, un se jachtern all achterran, un do treckt he gau de Steveln an un seggt, he will darhen, 'nem sin öllste Süster is.

Foorts is he up en grote Barg, dar steiht en grote Slott, dat is toslaten mit dicke Vörhangsloet. Do stickt he de Sloetel rin, un foorts gahn all Dören up för em. He geiht dar dör de Gänge un Stuven, un do bemött he en Fruunsminsch, de hett heel feine Tüüg an un süht bannig blied ut. Man as se em süht, do verjaagt se sik un fraagt em, wodennig he dar is rinkamen. Do seggt he, he is ehr Broder, un he vertellt ehr, wodennig he dar henkamen is. Un se vertellt em, wo glücklich se is, man blots een Deel maakt ehr Kummer, un dat is, ehr Mann is verwünscht un kann nich erlöst warrn, denn he hett ümmer seggt, he is dar nich ehrer frie vun, as dar en Mann dootblieven deit, de dat ewige Leven hett.

Se snacken noch en ganze Tied, un toletzt seggt se, Klaas schall man weggahn. Wenn ehr Mann kümmt, seggt se, denn so deit de em vellicht wat an. Man Klaas seggt, se schall man ganz geruhig we'n, he hett en Hoot, seggt he, wenn he de uphett, denn so kann em keeneen sehn. Mitmal geiht de Dör up, un dar kümmt en grote Vagel rin. Man de ward nix wies – as Klaas wat hört hett, do hett he sik foorts de Hoot upsett. Do süht Klaas, sin Süster haalt en grote gollne Schöttel, dar sett de Vagel sik rin, un do ward 'n foorts to en smucke junge Keerl. Denn kickt he sin Fruu an un seggt, dar is een we'n. Eerst will se dat ja afstrieden, man denn mutt se em doch allens ingestahn. Do fraagt he, wenn dat ehr Broder is, warum se em denn hett weggahn laten, nu harrn se sik doch fein kennen lehren kunnt. Wenn he wedderkümmt, seggt he, denn schall se em man seggen, he schall darblieven, he will em geern kennen lehren. Do nimmt Klaas de Hoot af un bütt sin Swager de Dagstied, un sin Swager fallt em um'e Hals. As Klaas denn wedder gahn will, do gifft sin Swager em en Fedder un seggt, wenn he mal in Noot is, denn so schall allens so aflopen, as he dat hebben will, he mutt blots seggen, de Vagelkönig schall em bistahn.

Mitmal is Klaas weg, denn he seggt to de Steveln, se schoe'n em henbringen, 'nem sin tweete Süster is. Dar geiht dat denn jüst so as bi de öllste. Un as he wedder weg will, do gifft sin Swager – de is verwünscht in en Fisch – do gifft de em en Schupp, un wenn he in Noot is, seggt he, denn so schall he blots seggen, de Fischkönig schall em bistahn.

Toletzt kümmt he uck dar hen, 'nem sin jüngste Süster wahnen deit. Se sitt dar in en düüstere Höhl mit dicke Iesengittern vör. He hört Jammern un Weenen, geiht dat na, un do finnt he ehr afmagert un heel un deel verkamen. As se em süht, do schriet se, eendoont, wokeen he is, he schall ehr dar blots ruthalen. Do vertellt he ehr, wokeen he is un wodennig de beide anner Süstern dat heel fein drapen hebben, man blots dat se's Männer nich koenen erlöst warrn. Sin Süster vertellt em, se is dar bi so'n gresige Ole, dat is en Undeert, seggt se, un he will ehr vör Kroepels Gewalt heiraden, man se hett em nich to Willen we'n wullt, un do hett he ehr dar inspunnt. Elkeen Dag kümmt dat Undeert, seggt se, un fraagt, um se al is so wiet un will em nehmen, un se schall dar an denken, se kümmt nümmer nich frie, denn he levt ewig.

Klaas hört dat, un do denkt he foorts an de beide Swagers, de nich koenen erlöst warrn, un do nimmt he sik vör, he will dat rutkriegen, wo dat an liggt, dat dat dare Undeert ewig leven deit. He seggt to sin Süster, se schall de Ole man verspreken, se will em heiraden, aver blots, wenn he ehr seggen deit, wo he dat ewige Leven herkriegen deit. Upmal bevert de Grund, dat föhlt sik meist an as en gewaltige Storm, un de Ole kümmt rin. He geiht hen na de Deern un fraagt, um se em ümmer noch nich nehmen will. Denn, seggt he, mutt se so lang' weenen, as de Welt besteiht, denn he, seggt he, is ewig, un he will ehr heiraden. Do seggt se, se will em blots denn frien, wenn he ehr vertellt, wo dat an liggen deit, dat he nie nich doot blieven kann. Do ward he lachen, un meent, se denkt woll, se kann em dootmaken. Blots wenn dar een is, seggt he, de vun'e Grund vun'e See en ieserne Kist ruphalen kann, 'nem en witte Duuv in is, un de dare Duuv mutt en Ei leggen, seggt he, un denn mutt de dat Ei dar henbringen un em dat an'e Vörkopp tweihaun. Un he kann sik meist nich wedder inkriegen vör Lachen, denn he is sik wiss, dat gifft keeneen, de dar daldükern kann up'e Grund vun'e See un kann de Kist finnen un kann de upmaken un uck all dat anner doon. Nu he ehr dat seggt hett, seggt he, nu mutt se em heiraden. Do seggt se, he schall ehr noch dree Daag Tied geven, un do geiht he weg un is tofreden.

Klaas seggt, se schall man nich vertwiefeln, in dree Daag, seggt he, is se frie. Un denn treckt he de Steveln an, un wupp! is he an de See. Do nimmt he de Schupp, de he hett vun sin Swager, un seggt, de Fischkönig schall em bistahn. Do kümmt foorts sin Swager an, un Klaas vertellt em, wat he hört hett. Do seggt de anner, all de Fisch schoe'n kamen. Ganz toletzt kümmt dar en lütte Sprott, de seggt, he schall man nich bös we'n, man 'n is snüffelt oever so'n ieserne Kist, de liggt dar an'e Grund vun'e See. Do seggt de Fischkönig to de grote Fischen, se schoe'n de Kist ruphalen.

As Klaas de Kist süht, do seggt he to de Sloetel, dat 'n em de Kist upmaken schall. Do geiht de Kist up, man wat he uck uppassen deit, de witte Duuv, de dar rutkümmt, flüggt weg. Do kriggt he de Fedder faat un seggt, de Vagelkönig schall em bistahn. Foorts is sin anner Swager dar un fraagt, wat dar los is, un as he dat hört hett, seggt he, all de Vageln schoe'n na em henkamen. Do kamen se all an, blots een Duuv fehlt, de kümmt to allerletzt un seggt, he schall man nich bös we'n, man dar is en ole Fründin in ehr Slag kamen, de is vele Jahren inspunnt we'n, un de hett 'n eerst wat to eten geven. Do seggt de Vagelkönig, de Duuv schall Klaas dat wiesen, 'nem dat Nest is, 'nem de Duuv in is. Do kamen se dar an, un do hett de Duuv al en Ei leggt. Un Klaas nimmt dat Ei, un denn seggt he to de Steveln, se schoe'n em henbringen na de Höhl, 'nem sin jüngste Süster is.

Nu is dat al de drütte Dag, un de Ole kümmt un seggt, de Deern schall ehr Verspreken hollen. Man se hett al Bescheed kregen vun ehr Broder, un do seggt se, he schall sik man mit sin Kopp in ehr Schoot leggen. He deit dat, un patsch! haut se em dat Ei vör de Kopp, un do bölkt he luut up, un denn is he doot. Un foorts sünd uck Klaas sin beide Swagers erlöst. Klaas geiht mit sin Süster dar hen na se, un denn besöken de beiden mit se's Fruuns se's Swiegermudder. Un de jüngste Süster hett all dat Gold un de Eddelsteens mitbröcht, de dat Undeert hatt hett in sin Höhl, un do hollt de Mudder up mit Weenen un freut sik.

De soeven Wildgöös

Dar is mal en Königin we'n, de hett soeven Soehns hatt un een Dochter. Mal, do ward se krank, un keeneen kann ehr helpen. Dicht bi, dar is en grote Holt, un merrn in, dar is en Born, un de Königin meent, se kann blots denn gesund warrn, wenn se drinkt Water vun de dare Born.

Eerst geiht de öllste Soehn los, man as he in't Holt kümmt, do ward he snüffeln, fallt un haut de Putt twei. So geiht dat mit all soeven, keeneen bringt dat Water. Do ward de Königin dull un röppt, de leeve Gott schall ehr leege Kinner to Wildgöös maken. Se hett dat man knapp seggt, do warrn se alltohopen Wildgöös un fleegen mit en Barg Larm afste'.

Nu fraagt de lütte Deern ümmer wedder ehr Mudder, wonem ehr Bröder afbleven sünd. Man de Königin will dat nich seggen. As se do mal in en Kist wöhlen deit, do klemmt de Königsdochter ehr de Hänne in un will ehr nich wedder loslaten, ehrer se ehr vertellt hett, wat dar passeert is mit ehr Bröder.

Do maakt de Königsdochter sik denn up'e Weg un will ehr Bröder ja söken. Se geiht un geiht, un toletzt kümmt se na so'n lütte Kaat, dar sitt en ole Fruu in. De Königsdochter seggt ehr gu'n Dag un fraagt ehr, wonem se is.

Och, seggt de Oolsch, se schall man blots sehn un kamen weg. Avends kamen ümmer ehr soeven Wildgöös, un wenn se hier en Minsch bemöten, denn so rieten se de in Stücken. Do markt de Deern ja, dat sünd ehr Bröder, un se freut sik, un se seggt to de Oolsch, se schall ehr doch man mit se snacken laten, bet se ehr kennen doon. Nee, seggt de Oolsch, se snacken mit keeneen; de se hier andrapen doon, de warrn foorts in Stücken reten. Minschen dörven hier nu mal nich we'n, seggt se.

Man de Königsdochter bedelt un deit so lang', toletzt gifft de Oolsch na. Se mag ehr uck geern lieden, denn se is bannig smuck. Se bringt ehr in'e Kamer, un dar stapelt se en Waschfatt, Waschholt un allerhand Stücken un Dinger oever ehr, dat se man jo nich foorts an ehr ran koenen.

Nich lang, do kamen de Wildgöös – dat sünd ja de Deern ehr Bröder – de kamen mit en dulle Radau an, un foorts seggt de Öllste, he kann Minschen rüken. Ja, seggt de Oolsch, dar is en lütte Deern kamen, de will geern mit se snacken. Nee, seggt he, se snacken mit keeneen, se woe'n ehr foorts in Stücken rieten. Minschen dörven dar nich we'n seggt he.

Na, seggt de Jüngste, se kann doch man en beten snacken, achterher rieten se ehr denn liekers in Stücken. De Bröder woe'n dat eerst nich togeven, man de Oolsch snackt se so lang' to, toletzt geven se na.

Do haalt de Oolsch de Deern rut, un as de ehr Bröder süht, do kriggt se foorts dat Blarrn. O, seggt se, se is nu al soeven Jahr ünnerwegens, nu hett se se toletzt funnen, un nu will se allens doon, wat se man kann, seggt se, wenn se se man blots erlösen kann.

Nee, seggen se, dat kann se nich, man se blifft bi un bedeln, un toletzt seggen se to ehr, se mutt soeven Jahr lang splidderlnaakt rumstromern, se dörf nich snacken, eendoont, wat dar schaten ward, wat dar Hünne bellen oder se uck Gott weet wat upstellen mit ehr. Wenn se dat klaar kriegen deit, seggen se, denn so sünd se erlöst. Do treckt de Königsdochter sik foorts ut, un denn geiht se to Holts un klarrt up en Boom.

Do is de Königssoehn dar jüst up'e Jagd. As se do bi de Boom kamen, do löppt dar een vun de Hünne hen na de dare Boom un fangt an un bellt. Do seggt de Königssoehn to een vun de Deeners, he schall mal nakieken, wat dar los is. De geiht ja hen, man he kann dar nich recht klook ut warrn. He kann dar wat sehn baven in'e Boom, seggt he to de Königssoehn, man dat süht nich ut na Minsch noch na Deert.

Do geiht de Königssoehn denn ja sülven hen, man he weet uck nich, wat dat we'n kann, un do seggt he to sin Deener, he schall dar mal rupklarrn up'e Boom un nakieken, wat dat is, un denn schall he em dat dalbringen.

De Deener klarrt ja rup, un he is bannig verbaast, as he de smucke Königsdochter wies ward. He snackt mit ehr, man se seggt nix. Do kriggt he ehr faat un driggt ehr dal na de Königssoehn, man se seggt nich een Woort. De Königssoehn wunnert sik ja bannig, he fraagt ehr, wonem her un wonem hen, man nix. He versöcht dat up düütsch, up däänsch, up froosch, up engelsch un wat weet ik nich allens, he knippt ehr, he drückt ehr een up, he deit allens, man dat helpt all nix: se seggt nix.

De Königssoehn mag ehr ja bannig geern lieden, un so lett he ehr na sin Slott drägen, lett ehr fein antrecken un meent, se snackt vellicht, wenn se sik dar an wennt hett. He töövt twee Wuchen – nix. De Königsdochter waagt dat nich un snacken, se dörf dat ja nich. Man de Königssoehn is dat eendoont. He lett tostellen to en grote Hochtied un nimmt ehr to Fruu.

Se hebben al lang tosamen levt, un de Fruu schall uck wat Lüttes hebben, do mutt de Königssoehn in'e Krieg. As se sik adjüs seggen, sünd se beide an't Blarren, un de Königssoehn seggt to sin Lüüd, se schoe'n em jo schrieven, wenn he hett en Soehn kregen, denn so kümmt he foorts na Huus.

Man he hett en ole, leege Steefmudder, de kann un kann de stackels Königsdochter nich utstahn, un wenn dat harr angahn kunnt, denn so harr se ehr woll gar versapen in en Lepel Water. Richtig kriggt de Königsdochter en Kind, en smucke lütte Deern. Do kümmt de Oolsch bi Nacht bi un nimmt de Deern weg, un blangen de Königsdochter leggt se en struppige Katt hen. Un denn schrifft se an de Königssoehn, sin Fruu hett en struppige Katt to Welt bröcht. Darför hört se dootmaakt, schrifft se. Do schrifft de Königssoehn t'rügg, se schoe'n ehr de Katt wegnehmen, man ehr sülven schoe'n se nix doon.

Wat later schall se wedder wat Lüttes hebben, un dütmal kriggt se en smucke lütte Jung. De Oolsch nimmt em uck bi Nacht weg, man dootmaken deit se em nich, dat kriggt se denn doch nich ferdig. Un 'nem he legen hett, dar leggt se en struppige Hund hen. Un denn lett se oeverall vertellen, de Königssoehn sin Fruu hett nu en Hund to Welt bröcht. Un an de Königssoehn schrifft se, so un so is dat mit sin Fruu, he schall foorts na Huus kamen.

De Königssoehn kümmt na Huus un is bannig dull, man ehr dootmaken, dat kann he denn doch nich oever't Hart bringen. Se is sin Fruu, seggt he, un wat se uck mag daan hebben, dootmaken laten kann he ehr nich. De stackels Königsdochter weent ganz dull, man snacken dörf se ja nich. Do lett de Königssoehn in'e Gaarn en lütte Huus buun, un dar ward de Stackel inspunnst.

Nu sünd middewiel de soeven Jahr rum, un de Königsdochter hett ehr Woort ja hollen. Un jüst as se ehr insparrn woe'n, do kamen ehr soeven Bröder an, un se ropen al vun wieden, se woe'n ehr erlösen, se hett se ja uck erlöst. Do fangt se foorts an un snackt, un se seggt, se schoe'n ehr henbringen na de Königssoehn.

Un denn vertellt se em, se hett en smucke Deern to Welt bröcht un en smucke Jung, un wat sin leege Steefmudder ehr andaan hett. De Oolsch verfehrt sik nu ja bannig, un denn gifft se allens to, un se lett uck de beide lütte Gören halen.

Do lett de Königssoehn en grote Brennhupen upstapeln un anfengen, un he lett de ole leege Steefmudder dar rinsmieten. Un wenn se nich upbrennt is, denn so brennt se noch.

De Königssoehn as Gaarner

Dar is mal en König we'n, de hett dree Soehns hatt. Un do kriggt he dat in'e Kopp, he will de jüngste dootmaken. Man as dat so wiet is, do neiht de junge Mann ut.

He geiht un geiht en lange Enne, un do kümmt he an so'n usselige lütte Kaat. Dar is en ole Mann, de gifft em wat to drinken. Un as he drunken hett, do seggt de Mann, he schall mal in'e Speegel kieken. Do is de Jung heel grimmig utsehn wurrn. Un do fraagt de Mann em, um he wat föhlt hett in sin Liev. Ja, seggt he, dat is so we'n as wenn allens wackeln dä ünner em. Do lett de Mann em nochmal drinken, un denn schall he nochmal in'e Speegel kieken, wo smuck as he wurrn is. As he do in de Speegel kickt, do süht he so grimmig ut as en Kielkropp. Do fraagt de Mann em wedder, um he wat föhlt hett. Nee, seggt he, dat is em blots so we'n, as güngen all de Dören vun alleen up. Do lett de Mann em to'n drütten Mal drinken un in'e Speegel kieken, un do is he so smuck, as he noch nie nich we'n is. Un wedder fraagt de Ole em, um he wat föhlt hett. Ja, seggt he, dat is we'n as wenn allens bevern dä ünner em, as he gahn dä. Do gifft de Mann em en Swert, gollne Tüüg un en gollne Toom.

He geiht denn weg un kümmt an en König sin Hoff. Dar fraagt he um Arbeit na, un do nehmen se em an as Gaarner. Nu hett he ja keen Gaarnarbeit lehrt, un he oeverleggt, wat he maken schall. De Sünn geiht al ünner, un he hett noch nix beschickt. Do harkt he de Eerde glatt un seit en beten, ofschonst he nich weet, wat dar in is in'e Sack, 'nem he ut seien deit. Man an'e neegste Morrn is de heele Gaarn vull vun smucke Blöme.

Nu hett de König dree Döchter hatt. Un an'e Morrn kümmt de öllste Königsdochter in'e Gaarn un brickt mit de Hand Blöme af. Dat ward de junge Gaarner argern, un do kriggt he ehr faat un smitt ehr oever de Tuun.

Denn kümmt de tweete Königsdochter un fraagt, um se kann nehmen vun de Blöme, un se geiht uck foorts bi un plöcken. De Jung kriggt ehr uck faat un smitt ehr oever de Tuun.

Nu kümmt de jüngste Königsdochter. Se fraagt uck um Blöme un klippt sik wecken af mit en Scher. Do lett he ehr, se klippt ja de Blöme af mit'e Scher, man 'nem se hett en Bloom afklippt, dar wasst foorts en nüe een.

Nu hett sik dar en Mann anseggt, de will de öllste Königsdochter hebben. He seggt, he nimmt dat up mit en Drüttel vun de Welt. Do lett de König bekannt geven, de de dare Mann oever ward, de schall en Drüttel vun sin Riek hebben un sin öllste Dochter to Fruu.

Do treckt de Gaarner – he is ja en Königssoehn we'n – do treckt de sin gollne Tüüg an un smitt de gollne Toom in'e Luft, do kriggt he foorts en feine Perd. He klabastert dar rup, nimmt sin Swert faat un ritt de Mann in'e Mööt. Nu hett de König al sin Suldaten losschickt, man he ritt heemlich an se vörbi, un do rammeln sin un de Mann sin Perd sodennig mit de Köppe tosamen, all de Suldaten kriegen vör Angst dat Bevern. Do treckt de Jung de anner sin Perd na sik roever un haut de Mann mit sin Swert de Kopp af; man de Kopp fallt foorts wedder up sin Stä'. He haut nochmal, man dat is wedder datsülve. Do haut he to'n drütten Mal to, man dütmal kriggt he gau sin Snuuvdook twüschen Kopp un Rump leggt, do fallt de Kopp dal. Un denn ritt he na Huus, schickt sin Perd weg, treckt dat gollne Tüüg ut, nimmt de Toom un dat Swert un geiht in'e Gaarn un an'e Arbeit.

Sodennig is de öllste Königsdochter denn rett'. De König mellen se, dat is en gollne Mann we'n, de dar wunnen hett.

Nu schall de tweete Königsdochter haalt warrn vun en Mann, de seggt, he kann dat mit de halve Welt upnehmen. Do lett de König bekannt geven, de de dare Keerl oever ward, de schall sin halve Riek hebben un sin tweete Dochter to Fruu, un he schickt em Suldaten in'e Mööt. De Gaarner treckt wedder sin gollne Tüüg an un smitt de Toom in de Luft, do hett en en feine Perd. Do nimmt he sin Swert in de Hand un treckt in'e Krieg.

He ritt wedder an all de Suldaten vörbi, un de Perde rasseln sodennig tosamen, de Suldaten gahn all in'e Kneen. He treckt wedder dat Perd to Siet un haut de anner de Kopp af. Man de fallt an sin Stä' t'rügg. Do haut he em de Kopp noch fievmal af, man elkeen Mal fallt de wedder an sin Stä'. Eerst bi dat sösste Mal kriggt he dat t'recht un leggen sin Snuuvdook twüschen Kopp un Rump, un do rullt de Kopp dal. Denn dreiht he um mit sin Perd un ritt na Huus. De annern jagen achter em ran, man se kriegen em nich faat. He treckt sin schietige Gaarnertüüg an, lett dat Perd lopen un geiht in'e Gaarn.

Do seggen se to de König, dar is wedder so'n gollne Mann we'n, un de hett wedder wunnen. Se hebben em infangen wullt, seggen se, man se hebben dat nich schafft. Sodennig is de tweete Königsdochter rett' we'n.

Darna kriegen se Bescheed in de König sin Slott, dar kümmt en Mann, de nimmt dat up mit de heele Welt, de will sik de jüngste Königsdochter halen. Do versprickt de König, de de dare Mann oever ward, de schall sin ganze Riek hebben un sin jüngste Dochter to Fruu. Un he schickt de anner all sin Suldaten in'e Mööt un vermahnt se, wenn dar wedder kümmt so'n gollne Generaal, denn so schoe'n se em anholen, dat een to weeten kriegen kann, wokeen he is.

De Königssoehn treckt wedder sin gollne Tüüg an, nimmt sin Swert, smitt de Toom in'e Luft, un do sitt he foorts wedder up en feine Perd. He jaagt wedder an all de Suldaten vörbi, un de Köppe vun de Perde ballern sodenig tohopen, all de Suldaten fallen um un beswiemen. Wedder treckt he de anner sin Perd to Siet un haut de Mann de Kopp af, man de fallt up sin Stä' t'rügg. Achtmal haut he 'n af, un ümmer wedder fallt 'n up sin Stä'. Eerst bi dat negente Mal kriggt he sin Snuuvdook twüschen Kopp un Rump, un do fallt de Kopp dal. He dreiht wedder um un jaagt na Huus. Dar treckt he dat gollne Tüüg ut un sin Gaarnertüüg an, lett dat Perd lopen un geiht in'e Gaarn an'e Arbeit.

As de Suldaten wedder to sik kamen, do sehn se, de gollne Off'zeer is weg, un de anner liggt dar doot. Do dreihn se um un trecken na Huus un seggen to de König, se sünd beswiemt, as de beiden so unbannig tosamenrasselt sünd, un as se to sik kamen sünd, do is de gollne Generaal weg we'n. Nu is de jüngste Königsdochter uck rett', un do gifft de König en grote

Fest, un all de Generalen in sin Riek warrn darto inladen.

Do sitten de Generalen dar all in en Krink. Un de König gifft elkeen vun sin Döchter en gollne Ei un seggt, se schoe'n dat Ei an de geven, de se to'n Mann hebben woe'n. De öllste Königsdöchter gifft ehr Ei de General, vun de se meent, he is an staatschesten un an stärksten. De tweete söcht sik de General ut, de na ehr Meenen achter de eerste ehr an staatschesten utsehn deit, un em gifft se dat Ei. Man de jüngste Königsdochter gifft ehr Ei de Gaarner, se meent he is de gollne Generaal, man seggt hett se dar nix vun, se is bang' we'n vör ehr Süstern. Do fangen de Generalen, de König un de ganze Hoff an un lachen ehr ut, um dat se de schietige Gaarner hett ehr gollne Ei geven.

Nu ward dar in't Slott en grote Fest geven mit Freten un Supen. Man de jüngste Königsdochter is bannig trurig, denn de Gaarner hebben se dar nich to inladen.

Man as de Gaarner hett dat gollne Ei kregen, do treckt he sin gollne Tüüg an, haalt sin Perd, stickt dat Swert in sin Lievreem un leggt sik up't Bett.

An'e Avend seggt de König toletzt, wenn de Gaarner dat gollne Ei kregen hett, denn so mutt he uck inladen warrn, wenn he uck man en schietige Gaarner is, seggt he. Do sünd de annern dar denn uck inverstahn mit. Denn man to, seggen se, denn schoe'n se em man ropen. Man dar woe'n se sik uck man mit lustig maken oever em.

Do schickt de König en Deener hen, he schall de Gaarner up't Slott halen. De geiht ja hen un maakt de Dör up, un do süht he, he hett gollne Tüüg an, un do ballert he gau de Dör to un rennt t'rügg. As de König do hört, he hett gollne Tüüg an un liggt up't Bett, utstaffeert as en Kriegsmann, do geiht he sülven hen. Un do seggt he to em, he schall doch man up't Slott kamen. As de Königssoehn denn kümmt, do ropen se all „Hurra", un all seggen se, dat is de Generaal, de wunnen hett gegen de dree, de nümms hett oever kunnt. Do kriggt he de jüngste Königsdochter to Fruu, un de annern, de dar hebben de gollne Eier kregen, de kriegen de anner Königsdöchter. Man de Königssoehn kriggt uck noch dat heele Königriek. Un denn hebben se de Hochtieden fiert, all dree Hochtieden vun de dree Königsdöchter up eenmal, un dat hett dree Wuchen lang duert.

De Salv

Dar is mal en Deern we'n, de is losgahn un söken en Deenst, un do bemött se en Herr, de süht bannig vörnehm ut, ganz in swatte Tüüch, un de fraagt ehr, um se nich will Kinnerdeern warrn un passen sin Kinner. He seggt ehr en bannig hoge Lohn to, un do hett se dar nix gegen un seggt „Ja". Do seggt he to ehr, he will ehr mitnehmen na Huus, man ehrer dat losgeiht, seggt he, do mutt se sik de Ogen verbinnen laten. Na, dat schüht denn uck, un denn sett se sik achter em up sin koehlswatte Perd, un dat geiht afste', en lange, lange Weg.

Toletzt stiegen se af, un ehr nüe Herr kriggt ehr bi de Hand un geiht mit ehr noch en arige Stück, un ehr Ogen sünd ümmer noch verbunnen. Denn ward ehr dat Dook vun de Ogen nahmen, un do süht se so vel Pracht, sowat hett se noch nie nich sehn – en smucke Slott mit mehr Lichter, as se tellen kann, un en Barg lütte Kinner dar in, so smuck as Engels. Un uck en Barg smucke Mannslüüd un Fruunslüüd sünd dar.

Ehr Herr gifft ehr nu de Kinner to wahren, un he gifft ehr uck en Büss mit Salv, de schall se de Kinner in'e Ogen smeren. Un he vermahnt ehr, se schall sik jo elkeen Mal de Hänne waschen, wenn se dat daan hett, un se schall jo un jo nix darvun an ehr eegne Ogen bringen. Un dat deit se denn uck un is dar heel genau bi, un dat geiht ehr bannig guut. Man männigmal denkt se doch, dat is doch snaaksch, dat se ümmerto leven bi Talliglichten. Un noch wat wunnert ehr: Dat Slott is ja woll bannig smuck, man liekers wunnert ehr dat, keeneen vun all de smucke Mannslüüd un Fruunslüüd lengt ja woll darna un gahn mal rut. Keeneen geiht uck blots mal för en Stunnstied na buten, anners keen as ehr Herr.

Een Morrn is se jüst bi un smert de Kinner de Salv in de Ogen, do fangt ehr linke Oog mitmal an un jöökt, un do denkt se dar nich an, wat de Herr ehr seggt hett, un se geiht mit ehr Finger darbi, un dar sitt noch Salv an. Do süht se mit de Deel vun dat Oog, 'nem de Salv ankamen is, um ehr rum sünd gresige Flammen, de Mannslüüd un Fruunslüüd sehn ut as Düvels, un de Kinner as de gresigste Skrebilken ut de Höll. Mit de anner Deel vun ehr Oog süht se allens so smuck un fein as vörher. Do verjaagt se sik ja, man se is plietsch nugg un lett sik dat nich anmarken, wo bang se is, se fraagt blots ehr Herr um Verlööv un besöken mal ehr Vadder un Mudder. Ja, segt he, he will ehr mitnehmen, man se mutt sik wedder de Ogen verbinnen laten, un do kriggt se wedder en Dook vör de Ogen. Se stiggt wedder achter em up't Perd, un nich lang', do is se bi sik to Huus. Un do blifft se ganz geruhig dar un wahrt sik dar vör un gahn t'rügg na dat verhexte Slott.

Lange Jahren darna, do is se mal to Markt, un do süht se, dar klaut en Mann wat vun een vun de Boden, un mit de Eck vun ehr eene Oog erkennt se, dat is ehr ole Herr. Un ahn Nadenken röppt se em to, wodennig em dat geiht, un wat de Kinner maken. Do fraagt he ehr, woso se em kann sehn, un se seggt, mit de Eck vun ehr linke Oog.

Vun de Ogenblick an is se up dat linke Oog blind we'n un is dat uck bleven ehr Leven lang.

De beide Slachters in de Höll

Dar sünd mal twee Bröder we'n, twee Slachters, de eene riek, de anner arm, de eene leeg, de anner guuthartig. Nu hett de arme nich sülven slachten kunnt, un do helpt he sin Broder un kriggt dar ümmer en lütte Lohn för. Mal, do hett de Rieke wedder slacht', en ganze Barg, un de arme Broder hett sik möö' un matt arbeit'. Man de anner gifft em wedder man blots een lütte Wust. Do seggt de Arme, he schall em doch man noch en lütte Wust to geven, de hett he doch woll verdeent, meent he. Do smitt de Rieke em giftig een hen un seggt, he schall darmit to'n Düvel gahn.

De Arme geiht geruhig na Huus un slöppt bet to de anner Morrn. Denn braadt he de eene Wust, de will he ünnerwegens vertehren, un de anner binnt he an en Stock un nimmt de up'e Schuller, so as reisen Handwarkslüüd dat doon, un denn maakt he sik up'e Padd liek hen na de Düvel. Man de Weg is lang, dat lett sik ja denken, un do kümmt he eerst de neegste Morrn dar an. De Düvels sünd jüst to Arbeit to Holtsfahrt, blots de Grootmudder is to Huus, un de kickt jüst ut't Finster. Do wünscht de Slachter ehr fründlich „Gu' Morrn" und fraagt, wo ehr dat so geiht.

Guut geiht ehr dat, seggt se, man wat he denn dar will, fraagt se, anners kümmt dar doch keen Minsch friewillig hen. Tja, seggt he, he weer ja anners uck nich kamen, man sin Broder hett em henschickt mit de dare Wust, un he langt ehr de Stock hen, un se nimmt de Wust, seggt „Velen Dank", un he schall doch man rinkamen. Ja, seggt he, dat will he geern, denn so kann he doch dar binnen en beten warm warrn un uck sin Wust warm maken, denn dar buten, seggt he, dar is dat doch verdeuvelt koold. De Düvels se's Grootmudder deit em nu allerhand to Gefallen, un as dat Avend ward, do verstickt se em ünner't Bett, dat de Düvels em nich foorts finnen schoe'n, wenn se na Huus kamen. Un nich lang', do kamen se un bölken, se woe'n wat to freten hebben, se hebben Hunger. Un denn snuven se all in'e Stuuv rum, se dücht, dat rüükt dar na Minschenfleesch.

Man de Oolsch begööscht se foorts un stellt dat Fatt mit Supp up'e Disch. Ja, seggt se, dar is en Minsch we'n, man de is utneiht, seggt se, un dar rüükt dat noch na. Do freten se sik dick, un denn wöltern se sik in de Puuch un slapen bet to de neegste Morrn, un denn gahn se wedder to Holts. Do röppt de Oolsch de Slachter ünner dat Bett rut un seggt, nu kann he geruhig na Huus gahn. Un denn nimmt se en Haar, dat hett een vun de Düvels bi Nacht up't Kissen verlaren, un dat gifft se em un seggt, he schall dat man mitnehmen na Huus, denn kriggt he noch to sehn, wat he dar an hett. De Slachter seggt „Velen Dank", dat se em hett fründlich upnahmen, un uck för de Gaav, wünscht ehr noch Gott's Segen un treckt af na Huus to. As he wedder to Huus is, do wasst dat Haar miteens, bet dat so groot is as en Pulleboom[1], un dat is ut reine Gold. Do is he en rieke Mann, vel, vel rieker as sin Broder, un vun do an slacht' he för sik un kann en Reeg Gesellen holen.

Do ward sin Broder afgünstig. Dat kann he nich af, dat sin Boder rieker is as he. Man he hett dat rutkregen, wodennig dat togahn is. Un do nimmt he en ganze grote Wust un geiht darmit na de Höll. He kümmt uck eerst de neegste Morrn an un süht de

---

[1] Pulleboom = Windelbaum

Düvelsgrootmudder an't Finster sitten. Na, röppt he mit en Grientje, wat se ole Hex dar denn maakt. „Gu' Morrn" seggt he nich. Se töövt up sin Wust seggt se, he schall 'n man hergeven. Nee, seggt he, dar schall se ehr gröne Wackeltähns nich rinhaun, de bringt he för de Düvels, un he will dar en gollne Pulleboom för hebben.

Na guut, seggt se, denn schall he man rinkamen. Hen to Avend, seggt se, denn kamen de Düvels ut't Holt torügg. Do geiht de Slachter dar rin un sett sik dal up en Stohl achter de Dör. Avends kamen de Düvels ja richtig wedder hungerig na Huus un bölken, se woe'n wat to freten hebben, se hebben Hunger. Man nich lang, do kriegen se de Frömde in'e Näs, un do ropen se, dat rüükt dar na Minschenfleesch.

Ja, seggt de Oolsch, achter de Dör, dar is de Braa'. Do fallen se oever de Slachter her un rieten em foorts in dusend Stücken. Do arvt de Broder, de ehrmals arm we'n is un nu riek is, do arvt de uck noch de ganze Kraam vun sin nerige un rachgierige Broder. So geiht dat faken in'e Welt. Wenn dat man ümmer so gahn wull!

Dat Wunnermess

Dar is mal en junge Mann we'n, de hett Hannes heeten, un de hett dar en Eed up daan, he will keen anner Deern to Fruu nehmen as een ut de König sin Familie. Un do nimmt he een Dag all sin Kraasch tohopen un geiht hen na de König un friet um de sin Dochter. De König will em nich liekto afwimmeln, un do seggt he, he kann sin Dochter kriegen, man denn mutt he eerst in nich mehr as acht Daag dree Perde rankriegen, to'n eersten en ganz witte een ahn Placken, wat noch nie nich en Toom anhatt hett, to'n tweeten en vossrode een mit en swatte Kopp, 'nem noch nie nich een up reden hett, un to'n drütten en swatte een, wat noch nie nich is beslaan we'n, un dat schall en witte Kopp hebben un witte Fööt. Un de dree Perde, seggt he, de mutt he em schenken, un denn mutt he noch för de Königin, wat sin Fruu is, för de mutt he noch sovel Gold ranbringen, as de dare dree Perde drägen koenen. Kann he dat nich, seggt he, denn so kriggt he uck de Deern nich.

Hannes hört sik dat an, denkt dar lang' oever na, un denn seggt he velen Dank för de Bruut, de de König em toseggt hett, un reist wedder na Huus to. Man he hett Glück: De König sin Dochter hett dat allens mit anhört, un to Gesicht kregen hett se em uck, un do dücht ehr, dat gifft keen Mann, de smucker is as he. Un do schrifft se em foorts en Breef, dar schickt se een vun ehr truueste Deeners mit achter em ran, un dar in bedüüd't se em, he schall ganz fröh de neegste Morrn heemlich na ehr henkamen, un anners schall he gar nix doon, wenn em dar wat an gelegen is un kriegen ehr to Fruu.

As se de Breef schreven hett, do klaut se noch in desülve Nacht ehr Vadder heemlich en Mess, dat kann Wunner doon, un dar geiht se Hannes in'e Mööt mit, un he kümmt richtig an, so as se em dat schreven hett. Un do kamen se tosamen un geven sik de Hänne, un nich lang', do sünd se sik al eenig, se moegen sik lieden, un do swören se sik, nix schall se scheeden koenen as blots de swatte Eerde. Un denn seggt de Deern, he schall sik up ehr Perd setten un dar up na Oosten to rieden, bet he kümmt in en Holt, un denn wieder, un denn kümmt he an en Barg mit dree Timpen, seggt se, un dar schall he en beten rumkieken, bet he en Wisch finnen deit, seggt se, de blinkert vun luter Parlen, un dar lopen all moegliche Perde up. Un dar schall he sik dree Perde vun utsöken, seggt se, jüst so'n, as ehr Vadder dat seggt hett. Vellicht warrn de Perde bang vör em, seggt se, denn so schall he dat dare Mess – wat se ehr Vadder ja wegnahmen hett – dat schall he ruthalen un schall dat so hollen, dat de Sünn sik dar in speegelt un de Wisch darvun lüchten ward, un denn kamen de Perde ganz vun alleen na em ran, seggt se, un leggen sik bi em dal as de Lämmer, un denn kann he ganz geruhig de dree utsöken un mitnehmen.

Wenn he denn hett de Perde faat, seggt se, denn so schall he sik en beten umkieken, un denn süht he merrn up de Wisch en Eekboom stahn, de hett Wuddeln vun Messing, Telgen vun Sülver un Bläder vun Gold, un na de dare Boom, dar schall he hengahn un schall mit de Egg vun dat dare Mess an'e Wuddel kloppen, un denn kümmt dar unbannig vel Geld rutwöltern, all moegliche Slag'en, un dar schall he vun nehmen, seggt se, un schall dat up'e Perde laden, un denn schall he darhen t'rüggkamen. Denn mutt ehr

Vadder, de König, sik dar mit tofreden geven, seggt se, un denn ward he se beid tohopengeven.

Hannes hört sik dat allens an, un he freut sik bannig, un do klarrt he up de Deern ehr Perd, dat Wunnermess stickt he in sin Lievreem, un denn dat afste' na dat Holt to. Un do kümmt he an de Barg mit de dree Timpen, un denn finnt he uck foorts de Wisch un up'e Wisch alle Slag'en vun Perde. Man as he up'e Wisch kümmt, do warrn de Perde bang, man do haalt he dat Mess rut un hollt dat in'e Sünn, un do smitt dat en Glem, de heele Wisch lücht as de Toppen vun'e Bargen, wenn de Sünn upgeiht. Un süh dar, do kamen vun alle Sieden allerhand Perde na em ran, un all gahn se vör em in'e Kneen, un do geiht he bi un söcht sik dree ut, jüst so'n, as de König seggt hett.

As he de Perde utsöcht hett, do kickt he sik um na all Sieden, un do ward he merrn up'e Wisch de dare Eekboom wies. Do geiht he an 'n ran un kloppt mit de Egg vun dat Wunnermess an'e Wuddel vun'e Boom, un do – dat harrst mal sehn schullt! – do deit de sik up, un do wöltert sik dar en gewaltige Barg Geld rut. He maakt gau en paar Säcke vull, packt de up'e dree Perde, un denn dar t'rügg mit na de König.

As he dar ankümmt un de König süht de Perde un all dat Geld, do wunnert de sik ja bannig, un – wat schall he anners maken? – do gifft he em sin Dochter to Fruu, un he fraagt em, wat he hebben will as Mitgift. Do seggt Hannes, as Kaptaal will he nix wieder hebben as de Deern to Fruu, un för de Tinsen, seggt he, dar schall he em man sin Wunnermess geven. Do gifft de König em dat, un do reist Hannes mit sin junge Fruu un dat Mess ünner Singen wedder na Huus.

Latermal

Dar is mal en Pachtbuer we'n, de hett Jan heeten, un he hett ganz alleen up sin Hoff levt. Do fallt em dat mal in, dat weer doch vel kommodiger, wenn he harr en Fruu in't Huus. Un do maakt he sik ran an en smucke Deern un fraagt ehr, um se will sin Fruu warrn, un se seggt ja, dat will se geern.

Un do gahn se to Kirch, un de Preester gifft se tohopen. Denn sett Jan ehr bi sik up't Perd un bringt ehr na sin Huus hen. Un se leven glücklich un tofreden.

Mal fraagt Jan sin Fruu, um se kann melken. O ja, seggt se, melken kann se. As se to Huus weer, seggt se, do hett ehr Mudder ümmer melkt. Do geiht he to Markt un köfft ehr teihn swattbunte Köh. Dat geiht allens fein, bet se mal de Köh hendriven deit to supen. Do ducht ehr, se supen nich gau nugg, un do drifft se se wiet rin in de Diek, un se versupen all tohopen.

As Jan na Huus kümmt, do vertellt se em denn ja, wat ehr mallöört is. Man he seggt, se schall sik dat man nich so neeg nehmen, dat neegstemal geiht dat sachs beter.

Sodennig vergeiht de Tied, un do fraagt Jan ehr mal, um se kann Swiens fuddern. O ja, seggt se, Swiens fuddern, dat kann se. As se to Huus weer, seggt se, do hett ehr Mudder ümmer de Swiens fuddert. Do geiht he to Markt un haalt ehr en paar Swiens. Dat geiht uck allens fein, man denn mal, do gütt se de Swiens dat Fudder in'e Trogg, un do ducht ehr, de Oes freten nich gau nugg. Un do stött se se's Köppe deep in'e Trogg, un do sticken se all tohopen.

As Jan denn na Huus kümmt, do vertellt se em ja wedder, wat ehr mallöört is. Man he seggt, se schall sik dat man nich so neeg nehmen, dat neegstemal geiht dat sachs beter.

Sodennig vergeiht de Tied, un do fraagt Jan ehr mal, um se kann backen. O ja, seggt se, backen, dat kann se. As se to Huus weer, seggt se, do hett ehr Mudder ümmer backt.

Do köfft he ehr allens, wat 'n so bruken deit to'n Broodbacken. Dat geiht uck allens fein, bet se sik mal oeverleggt, se will Jan oeverraschen mit leckere Fienbrood. Do geiht se mit ehr Mehl rup up en Barg un lett dar de Wind up weihn, se denkt, de Wind schall sachs de Klei ut dat Mehl rutpuusten. Man de Wind weiht dat Mehl, de Klei un allens weg, un do hett dar en Uul seten mit dat Fienbrood.

As Jan denn na Huus kümmt, do vertellt se em ja, wat ehr nu wedder mallöört is. Man he seggt, se schall sik dat man nich so neeg nehmen, dat neegstemal geiht dat sachs beter.

Sodennig vergeiht de Tied, un do fraagt Jan ehr mal, um se kann Beer bruen. O ja, seggt se, Beer bruen, dat kann se. As se to Huus weer, seggt se, do hett ehr Mudder ümmer Beer bruut.

Do köfft he ehr allens, wat 'n so bruken deit to't Beerbruen. Dat geiht uck allens fein. Do kümmt dar mal, se hett jüst en Fatt Beer bruut, do kümmt dar en grote swatte Hund in't Huus un kickt ehr ümmer an. Do jaagt se 'n rut, man de Hund blifft vör de Dör stahn. Do ward se so dull, se ritt de Tappen ut dat Spundlock un smitt na 'n. Wat 'n ehr so anglupen deit, seggt se, se is Jan sin Fruu. Do löppt de Hund de Strat lang, un se ümmer achter 'n ran, dat se em heel un deel verdrieven will. As se denn wedder na Huus kümmt, do is dat ganze Fatt utlapen, un mit dat Beer, dar hett uck en Uul seten.

As Jan na Huus kümmt, do vertellt se em denn ja, wat ehr dütmal mallöört is. Man he seggt, se schall sik dat man nich so neeg nehmen, dat neegstemal geiht dat sachs beter.

De Tied vergeiht, un do denkt se mal bi sik, dat is an de Tied un schrubben dat Huus mal düchtig. As se do dat grote Bett rutbringen will, do finnt se ünner dat Bettstroh en Büdel mit Geld. Un as Jan do na Huus kümmt, do fraagt se em, 'nem dat dare Geld för is. Oh, seggt he, dat is för later mal.

Man ünner dat Finster, dar steiht en Spitzboov, un de hört dat. Un do töövt he de neegste Morrn, bet Jan to Markt gahn is, un denn kloppt he dar an. Mieke, de Fruu, fraagt em ja, wat he will, un do seggt he, sin Naam is Latermal, un he kümmt um dat Geld. De Spitzboov is antrocken as en vörnehme Herr, un Mieke denkt, dat is doch bannig nett vun so'n feine Herr un kamen sülven un halen dat Geld, un do löppt se gau rin un bringt de Spitzboov de Geldbüdel. Un de nimmt 'n un geiht dar weg mit.

As Jan na Huus kümmt, do seggt Mieke to em, Latermal is dar we'n un hett dat Geld afhaalt. Wat dat heeten schall, fraagt Jan, un do vertellt se em allens. O, seggt he, nu is dat ut un vörbi mit se. Dat is dat Pachtgeld we'n, seggt he, un nu koenen se nix doon as wannern dör de Welt, bet se finnen de Geldbüdel. Un he hängt de Dör ut un seggt, dat is nu se's Bett.

He nimmt de Dör up'e Puckel, un denn trecken se beid afste' un woe'n Latermal söken. Se gahn mennig en Dag, un to Nacht, do leggt Jan de Dör up'e Telgens vun en Boom, un dar slapen se denn up.

Mal, do kamen se an en grote Barg, dar steiht nedden vör en gewaltige Boom. Up de sin Telgens leggt Jan de Dör, un denn klarrn se dar rup un woe'n dar up slapen. Nich lang', do hört Mieke wat, un do pliert se mal dal un will sehn, wat dat is.

Do geiht dar in'e Barg en Dör up, un twee Herren kamen rut, de slepen en grote Disch. Un achterna kamen anner feine Damen un Herren, un elkeen vun se hett en Geldbüdel in'e Hand. Un dar is uck Latermal mank mit Jan sin Geldbüdel. Un do setten se sik all dal an'e Disch un drinken un snacken un tellen se's Geld. Do maakt Mieke ehr Mann waak un fraagt em, wat se doon schoe'n.

Nu is se's Tied dar, seggt Jan un smitt de Dör dal, un de fallt liek up'e Disch, un de Spitzboven verjagen sik un lopen weg. Un denn stiggt Jan mit sin Fruu dal vun'e Boom. Se nehmen sik so vel Geldbüdels, as dar man rupgahn up'e Dör, un denn gahn se dar stracks na Huus mit.

Un denn köfft Jan sin Fruu nüe Köh un nüe Swiens, un se leven glücklich un tofreden. Un sünd se nich dootbleven, denn so leven se woll noch.

De Haarige

Dar is mal en König we'n, de is up'e Jagd gahn. Do kümmt he an en holle Boom, dar woe'n de Hünne nich an vörbi, se bellen un jaulen un springen rum, un keeneen kan se vun'e Plack kriegen. Do geiht de König hen un kickt na, un do sitt dar in'e holle Boomstamm en heel smucke Deern, de is ganz nakelt un kickt em bang an.

Do nimmt he sin Mantel, smitt de Deern de oever, un denn fleutet he, un do kamen all sin Deeners an. Do wiest he se de Deern un meent, um he nich hett en smucke Deert fungen. Denn fleutet he nochmal, un do kümmt dar en Kutsch anfahrt, dar sett he de Deern rin un fahrt mit ehr na Huus na sin Slott, un dar nimmt he ehr to Fruu. Man in dat Slott, dar wahnt uck noch de ole Königin, de König sin Mudder, un de mag ehr nich lieden, un se deit ehr allens Leege an, wat se man kann.

Na en Tied, do mutt de König in'e Krieg, un as he weg is, do kriggt sin Fruu en Soehn. Do bruut de Oolsch en Kaffe, un de gifft se de Lütte to drinken, un do kriggt de Jung Haar an't ganze Liev. Un denn schrifft de Oolsch an'e König, sin Fruu hett en haarige Deert kregen, een kann nich klookkriegen, um dat is en Hund oder en Katt. As de König dat lesen deit, do ward he dull, un he schrifft torügg, se schoe'n sin Fruu de Lütte up'e Rügg binnen un se mit'nanner to'n Deuvel jagen.

Do smieten se de junge Königin mit ehr haarige Soehn rut ut't Slott, un se geiht wedder t'rügg na de holle Boom, 'nem de König ehr toeerst sehn hett. Dar levt se nu as vördem. Man bi de Haarige sleit dat Leven in't Holt so guut an, he wasst elkeen Dag um een Toll. Toletzt is dar in de holle Boom gar nich mehr Platz nugg för em un sin Mudder. Do geiht he een Dag los, ritt wecke Dannen ut, brickt se oever't Knee un buut dar en kommodige Hütt för sik un sin Mudder vun.

Nich lang' darna seggt he to sin Mudder, se schall em vertellen, wokeen sin Vadder is. Och, seggt se, sin Vadder, dat is ja de König, man em kriggt he all sin Levdag nich to Gesicht. O, seggt de Haarige, nu will he em jüst sehn, un denn ritt he en Dannenboom ut'e Eerde mitsamt de Wuddeln, un dar geiht he mit afste' un blifft eerst stahn, as he in de König sin Slott ankamen is.

De König sitt jüst to eten un hett allerhand leckere Saken vör sik up'e Disch. Do kümmt de Haarige rin un deit, as wenn he dar to Huus is. He stellt sik vör de König hen un seggt, dar is he nu uck, un he is sin Soehn, seggt he, un nu will he mit em eten vun sin Disch. Do verjaagt de König sik ja, un he harr dat sachs geern afwennt, man de Haarige langt eenfach to un grippt mit sin haarige Hänne liek in de König sin Tellern un Schötteln, un keeneen waagt un seggen wat. All de König sin Lüüd sünd bang' un moeten em sin Willen laten. As de Haarige hell Stück för Stück vun'e Disch nahmen un vertehrt, do seggt he to de König, he will nu gahn, man morrn, seggt he, morrn kümmt he wedder.

Tööv, denkt de König, dat schall em begriesmulen, un he schall nich wedderkamen. Un do lett he fievhunnert Suldaten kamen, de moeten sik upstellen dicht vör de König sin Slott, un denn kriegen se Bescheed, se schoe'n up'e Haarige schöten, sodraa as se em wies warrn.

107

De neegste Dag kümmt he ja wedder mit sin Dannenboom up dat Slott togahn, un do schöten de Suldaten all mit'nanner up em. Man de Haarige sammelt ganz geruhig de Kugeln vun sin Liev un smitt se föfftig-Stück-wies up'e Suldaten torügg, un do smitt he se all doot. As he denn in dat Slott rinkümmt, do will de König jüst wedder bi un eten. Do seggt de Haarige to em, wat he denn hett för'n Knep vör. Nu liggen sin Suldaten all dar buten, seggt he, un sünd dootslaan vun se's eegne Kugeln. He is ja sin Soehn, seggt he, un will mit em eten. Un do langt he wedder mit sin haarige Poten in de König sin Tellern un Schötteln, un he gifft eerst Ruh, as dar nix mehr na is up'e Disch. Denn seggt he, he will nu gahn, man morrn, seggt he, morrn kümmt he wedder, un denn bringt he sin Mudder mit.

Holt stopp, denkt de König, dat schall he fein nalaten. Foorts lett he dusend Suldaten kamen un gifft se Order, se schoe'n sik vör dat Slott upstellen, de Hälfte in'e Slottshoff, de annern rund um't Slott, un se schoe'n de Haarige jo un jo nich rinlaten.

An'e neegste Dag kümmt he ja wedder, un do hett he sin Mudder bi de Hand, un as de Suldaten up em schöten, do stellt he sik vör sin Mudder hen, un all de Kugeln, de sammelt he sik wedder af vun't Liev un smitt se hunnert-Stück-wies t'rügg, un do smitt he all de Suldaten doot. Denn geiht he rin in't Slott un seggt to de König, wat he nu denn wedder hett för'n Knep vör. Dar liggen nu all sin Suldaten, seggt he, doot vun se's eegne Kugeln, he schall man sülven hengahn un kieken sik dat an. Do kriggt he em bi de Hand, un do flüggt de König dal in'e Slottshoff, un as he em nochmal anfaten deit, do flüggt de König wedder to't Finster rin; man dat drütte Mal, do fallt de

König dal un is doot. Do kümmt foorts de Oolsch, de ole Königin ran, man se mutt ja hellschen fründlich we'n to em, dat he ehr man an't Leven lett. Un se mutt em toseggen, dat se em de gresige Haar vun't Liev kriegen will. Do bruut se em wedder en Kaffe, un dar verswinnen all de Haar an Rump un Hänne vun, un vun do an hett he uck nich mehr Kraft as anner Minschen. Man dat Königriek, dat is nu sin, un he regeert mit sin Mudder herrlich un in Freuden.

Dat Flohfell

Dar is mal en König we'n, de hett en Floh inspunnt hatt in en grote Buddel un hett 'n jahrelang fuddert. Un do wasst de Floh un wasst, un toletzt is 'n so groot as en Kalv. Do geiht de König bi un slachten 'n, treckt 'n dat Fell af, stoppt dat ut mit Stroh un hängt dat up an'e Poort. Un denn lett he bekannt maken in sin Riek, de em seggen kann, wat dat för'n Fell is, de schall sin Dochter to Fruu hebben. Do kamen de Lüüd vun alle Kanten un woe'n dat rutfinnen, wat dat för'n Fell is, man sovel se dar uck up kieken, keeneen kann dat klook kriegen. De eene seggt, dat is vun en Büffelkalv, de anner meent, dat is vun en Kohkalv, noch en anner seggt, wat em jüst in'e Kopp kümmt. Sodennig kriggt dat keen Minsch rut, wat dat för'n Fell is. Do stiggt dar en Düvel rut ut de See. He maakt sik to en Minsch, geiht hen na de König un seggt em liekto, dat is en Flohfell. Do kriggt he de Königsdochter to Fruu, de König kann ja sin Woort nich t'rüggnehmen.

So rüsten se denn an'e Königshoff to Hochtied, un de Seedüvel maakt sik mit de Königsdochter up'e Weg na sin Land, un de König geiht en Stück mit sin Swiegersoehn un sin Dochter lang mit en grote Folg, mit Trummeln un mit Fleuten. De Düvel geiht mit de Königsdochter an'e Hand, un as se an'e See kamen, do treckt he ehr mit sik in't Water, un weg sünd se, verswunnen vör alle Ogen. Wat nu? De König is bannig trurig, un he schickt Schippers los up'e See, se schoe'n sin Dochter söken, man sovel se uck söken, se finnen ehr narms. Do dreiht de König um, trurig un verblarrt, un he lett bekannt maken in't heele Riek, keeneen schall avends Licht ansteken, keeneen schall Hochtied fiern, keeneen schall en

Leed anstimmen. Utropers ropen dat oeverall ut, de dat doch deit, de ward dull bestraaft.

Man in de König sin Stadt, dar hett en Oolsch wahnt, de hett söss Soehns hatt. Un elkeen vun de söss hett wat kunnt, wat keen anner Minsch kann. De Oolsch freut sik to ehr Soehns, un elkeen Avend stickt se Licht an un singt lustige Leeder. As de König sin Wächters dat wieswarrn, do mellen se em dat, un do lett he ehr kamen un fraagt ehr, warum se nich deit, wat he befahlen hett. Um se denn nich weet, seggt he, dat sin Dochter wegnahmen is vun en Seekeerl, de hett ehr mitnahmen in de See. Un um se denn nich, wo he so trurig is, um se do nich uck trurig we'n mutt, un nich bi Nacht Licht brennen un Leeder singen. Do seggt se to em, solang' as he, de König, leven deit un ehr söss Soehns – un de koenen mehr as all de annern, seggt se – so lang' kann se ja woll Leeder singen un Licht brennen. Bi wat ehr Soehns denn so düchtig sünd, will de König do weeten. Do vertellt se, ehr öllste Soehn kann de heele See utsupen mit een Sluck. De tweete, seggt se, kann teihn Mann up sin Schullern nehmen un mit so lopen as en dreejoehrige Hirsch. De drütte mutt blots mit de Fuust up'e Eerde haun, denn steiht dar foorts en Toorn. De veerte, seggt se, kann mit sin Bagen höger schöten as de Heven un allens drapen. De föffte kann mit een Puust en Dode wedder lebennig maken, seggt se, un de sösste, wenn de sin Ohr up'e Eerde leggt, denn so kann he allens hören, wat in de Eerde snackt ward. Do seggt de König, jüst so'n Lüüd söcht he, de Oolsch schall se gau na em henschicken. Se schoe'n vör em wat doon, seggt he, un denn will he se mang sin beste Lüüd reken, un se kann denn sinetwegen noch mehr singen un fackeleuten.

Do maakt de Oolsch en Knicks vör de König un geiht hen na ehr Soehns un schickt se na dat Slott. As se denn na de König henkamen, do seggt he, he hett hört, se koenen, wat anners keeneen kann, un dar koenen se woll sin Dochter mit ut'e See halen un na em na Huus bringen, seggt he. He seggt se to, de Öllste vun se schall ehr to Fruu hebben, un he will se all mang sin beste Lüüd reken.

Do gahn de söss Bröder an de See, un de so guut hören kann, de leggt sin Ohr up'e Eerde, dat he hören kann, wonem ünner de See de Königsdochter is. Un he kriggt dat uck richtig klook un hört dat, an wat för'n Stä' se mit de Düvel is. Do seggt he to de Seeslucker, dar schall he de See inslucken. Do böögt de sik dal un sluckt de See weg. Un do sehn se de Königsdochter, se sitt un weent, un de Düvel liggt mit sin Kopp up ehr Schoot un slöppt. Do gahn se dal na ehr, un de teihn Mann drägen kann, de kriggt ehr faat un sett ehr up sin Schuller, un de Düvel steken se en Hoppetuuts in't Muul, dat he upwaakt, wenn de quarkt. Denn setten de fief Bröder sik uck up'e Löper, un de rönnt los as en Hirsch oever de Bargen. De Hoppetuuts in de Düvel sin Muul fangt an un quarkt, un do ward he ja waak. Un do süht he, de See is dröög un de Königsdochter is weg, un he will meist bassen vör Arger.

He rifft sik de Slaap ut'e Ogen un kickt sik um, na vörn un na achtern, un do süht he de söss mit de Königsdochter utneihn, all sitten se up de eene Broder. Do he achterher, un he hett se meist al faat, do seggen se to se's eene Broder, he schall de See wedder utspien. Dat deit de Seeslucker, un do is dar mitmal en grote See. Man de Düvel flüggt dar oever weg un he is al wedder dicht bi se, do seggen se to se's anner Broder, he schall mit de Fuust up'e Eerde haun, dat dar en Toorn upstahn deit, anners maakt de Düvel se toschannen. De deit dat, un do steiht dar mitmal en Toorn, un dar sitten se all in. Do dreiht un kehrt de Düvel sik un weet nich, wat he maken schall. Un do seggt he to se, wenn dat angahn kann, denn schall de Königsdochter em doch man blots mal ehr lütte Finger wiesen, dat he de nochmal sehn kann; denn, seggt he, koenen se ehr henbringen, 'nem se lustig sünd.

Do weeten se nich recht, schoe'n se dat doon un em ehr lütte Finger wiesen oder nich? Toletzt meenen se, se woe'n dat man doon, sodennig kamen se dar wiss noch an besten vun af. Un se krigen de Königsdochter so wiet, se stickt ehr lütte Finger dör dat Sloetellock. Man knapp hett de Düvel 'n sehn, do nimmt he 'n ine Mund un suugt ehr de Seel ut, un do fallt se um un is doot. Un de Düvel huult ja af, man de allens drapen kann, de schütt na em un schütt em doot. Un de Broder, de lebennig maken kann, de puust' de Königsdochter mal an, un do ward se wedder lebennig. Denn bringen se ehr na de König, un de gifft ehr de Öllste to Fruu, un de annern nimmt he up mang sin beste Lüüd, so as he se dat toseggt hett.

De Suldaat un de Düvels

Dar is mal en afdankte Suldaat we'n up'e Weg na Huus, un do kümmt he in en Kroog, un dar sitt en Süper. De Süper seggt to em, he schall em doch en Koem utgeven, sin Geld is all. Tjä, seggt de Suldat, he hett sülven nich vel, dree Penn, dat is allens. Denn schall he em doch tominnst för de dree Penn Koem kopen, seggt de Süper. Un de Suldaat deit dat, he lett för dree Penn Koem kamen. Do schenkt de Süper em en Snappsack un en Stock; wenn 'n mit de Stock so'n beten an'e Snappsack kloppen deit, denn mutt allens in de Sack rinmarscheern, wat een dar rin hebben will.

De Suldaat geiht denn wieder. As he in en Stadt kümmt, do kriggt he Lust un smöken en Piep. In en Laden süht he Toback liggen, un do kloppt he en beten mit de Stock, do is de Snappsack foorts vull mit Toback. Denn geiht he wieder, un do ward he hungerig. Do süht he bi en Bäcker Brood liggen, he kloppt en beten mit sin Stock, un do is sin Sack vull mit Brood. Nu wannert he wieder, un do ward dat Avend. Do kümmt he na en Hoff, de hört en vörnehme Herr to, dar will he Nacht blieven. He geiht na de Koek un fraagt de Kock, um dat woll kunn angahn, dat sin Herr em för de Nacht upnehmen deit. Do vertellt de Kock em, se slapen sülven nich dar bi Nacht, se fahren ümmer woanners hen. Man he schall man sin Herr sülven fragen, seggt he.

Do geiht de Suldaat denn na de Herr vun'e Hoff un fraagt em, un de Herr seggt, he kann dar sinetwegen blieven, un wenn he nich ward in Stücken reten de Nacht, denn so mag em dat Quarteer sachs guut gefallen. Denn seggt de Herr to sin Kutscher, he schall anspannen un an't Herrenhuus vörfahren, un do sett he sik mit all sin Lüüd in'e Kutsch un se fahren af. Un de Suldaat blifft dar up'e Hoff, leggt sik in een vun de Kamern to Bett un slöppt in.

In de Nacht kümmt dar en ganze Düvelshochtied na de Kamer rin, un se fangen an un danzen dar. Un een vun de Düvels seggt, he kann Minschenfleesch rüken. Un do finnt he de Suldaat un smitt sin Bett um. Man de Suldaat stellt dat Bett wedder up un leggt sik dar wedder rin. Do kümmt dar en anner Düvel un smitt dat Bett wedder um, un de Suldaat stellt dat wedder up un leggt sik dar wedder rin. Do kümmt dar nochmal en Düvel un will dat umsmieten, man do kriggt de Suldaat sin Snappsack un sin Stock her, kloppt mal en beten mit de Stock un seggt: „All Düvels in'e Sack!" Un do marscheern se all in'e Sack, un he hett Ruh för de Rest vun'e Nacht. Morrns kümmt de Herr wedder anfahrt un fraagt em, wat he hett to sehn kregen. Do vertellt he em dat, un he fraagt em, wovel Döschers he hett. O, seggt de Herr, he hett söss. Do driggt de Suldaat sin Snappsack na de Lo un seggt to de Döschers se schoe'n dar arig up döschen. Do döschen de Döschers dar up los, un all dat Düvelstüüg kriggt dat Quieken. As denn de Suldaat denkt, nu hebben se nugg, do bringt he de Sack na en Diek dar bi de Hoff un kippt 'n ut in't Water, un denn geiht he wedder na de Herr. Do fraagt he de em, um dat nu hett en Enne mit de Düvelsspöök in sin Huus, un de Suldaat seggt „Ja". Do seggt de Herr, he will em darför sin Dochter geven un de Hälfte vun sin Feller. Dat is de Suldaat recht, un do fiern se Hochtied.

Mal geiht he nu mit sin Fruu los un will en Stück Feld bekieken, un do kamen se uck an'e Diek, 'nem he hett de Düvels rinsmeten. Do kriggt he Lust un baden, he treckt sin Hemd ut un geiht to Water. Man een vun de Düvels is do nich ganz toschannen haut wurrn. Un de kriggt nu de Suldaat faat um't Liev un schriet, he schall dar mit sin Leven för betahlen, wat he em un sin Mackers andaan hett. O, seggt de Suldaat, he schall em doch eerst noch en beten an Land laten, he will geern sin Fruu adjüs seggen.

Do lett de Düvel em rut ut dat Water, un de Suldaat geiht hen na sin Fruu, kriggt ehr faat un stellt ehr up'e Kopp. De Düvel töövt un töövt, de Suldat schall wedder na em in'e Water kamen, man de kümmt nich. Do geiht de Düvel hen na em an't Över, un do süht he, de Suldaat hett dar wedder so'n Sack stahn (man dat is ja sin Fruu!). Oha, seggt he, nu will he *em* woll uck noch doot döschen laten. Denn schall he sülven man leever leven blieven, seggt he, he will em nix mehr doon. Un denn neiht he ut.

De arme Schooster

Dar is mal en Schooster we'n, de is bannig arm we'n. Acht Kinner hett he hatt, un sin Fruu is em dootbleven. Do hett he leege Daag un wenig Verdeenst, un de stackels Gör'n woe'n doch se's Brood hebben, un faken schrien se vör Hunger as de Kreihn. Sodennig geiht dat en lange Tied, un de Schooster mutt sin letzte Leesten versetten, dat he man kann de Hunger vun de Kinner stüern. Man an'e neegste Dag, do is de Hunger wedder dar, un de Kinner blarrn, un do weet he nich mehr, wat he maken schall. Toletzt fallt em wat in. He geiht hen na sin Naver, de is bannig riek, man uck bannig nerig, na de geiht he hen un seggt, he schall em doch man en paar Schillings lehnen, dat he man kann wat Brood kopen för sin Kinner, anners, seggt he, moeten se verhungern. Man de Nerige snaut em an un bölkt, wat em dat woll angeiht, wenn de anner sin Kinner verhungern. Keen halve Penn, seggt he, will he em geven, un al gar keen ganze. He is doch nich verrückt, seggt he, un smitt Geld to'n Finster rut, denn wedderkriegen deit he dat ja doch nich.

Do süht de stackels Schooster, sin Beden is vergevs, un ahn Geld un ahn Troost geiht he weg vun de rieke Naver un t'rügg na sin hungerige Kinner. De meenen ja, he kümmt mit Brood, un luern al up em. As he nu kümmt un he süht de stackels hungerige Kinner, do geiht em dat an't Hart, un do ward he uck weenen. As de Kinner em so sehn, do warrn se noch truriger un weenen noch duller, un so sitten se twee Daag un blarrn sik wat vör, un de Hunger ward ümmer duller. Do denkt de Schooster, he will dat man nochmal versöken un gahn na de Naver un beden em um en beten; vellicht, denkt he, maken de

leeve Gott un sin Tranen sin Hart ja en bet weeker.
De Schooster denn ja wedder hen na de Naver, fallt
up'e Kneen un bedelt, he schall em doch man jo un jo
wat geven. Jo, seggt de nerige Naver, en Stück Tau
will he em geven, dat he sin Leven en Enne maken
kann, un do gifft he em en Stück Tau. De Schooster
nimmt dat Tau un denkt an sin Kinner, de al doot-
hungert sünd, un an de, de noch lebennig sind un na
de he nu ahn Brood nich t'rügg gahn mag, un do
nimmt he sik vör, wenn de leeve Gott em nich helpt,
denn so will he sik uphängen.

Do geiht he rin in't Holt, arig deep rin, dat em man
keeneen seh'n schall. Un as he dar so steiht un will
sik upbummeln, do ward em dat Hart so swaar, dat
he nu vun de Welt schall, un do denkt he, ehrer he
doot blifft, do will he de smucke Welt man noch mal
ankieken. Un do söcht he sik en recht hoge Boom un
klarrt dar rup, bet ganz na baven, un as he baven is,
do kickt he recht wiet in de Runne, un do dücht em
dat noch swarer un hängen sik up.

As he sik dar nu so umkieken deit, do süht he noch
deeper in't Holt rin en ganz, ganz grote Huus, dat is
so smuck, sowat hett he noch nie nich sehn. Do
klarrt he flink as en Katteeker dal vun'e Boom, lett
dat Stück Tau liggen, 'nem dat liggen deit, un denn
so gau as he man kann na dat dare Huus to, dar will
he Hülp un Troost söken, denn he meent, för't Up-
hängen, dar blifft ümmer noch Tied för.

He kümmt dar hen na dat Huus, un do steiht dat
apen. Do geiht he dar rin un kümmt in en grote,
helle Saal, dar stahn en ganze Masse Dischen in, un
de sünd all deckt mit dat feinste Eten – man in't
ganze Huus is keen Minsch to finnen. Un dat lücht't

un rüükt dar so fein, de Schooster meent rein, he is to Hochtied in'e Himmel. – As dar nu ümmer noch keeneen kamen deit, do sett de Schooster sik toletzt dal an een vun de Dischen un probeert vun elkeen Gericht un drinkt vun elkeen Wien. He is al meist satt, do hört he mitmal Stimmen, dat hört sik an, as wenn dar Lüüd kamen. Do ward he bang' un krüppt gau in't Abenlock un verstickt sik dar. Dar sitt he nu un luustert un bevert, un do kamen dar twölf Herren rin un setten sik dal to eten. Do sehn se, dar is oeverall al een bi we'n. Wokeen vun sin Supp eten hett, fraagt de eene. Wokeen vun sin Fleesch probeert hett, de anner. Wokeen vun sin Brood afsneden hett, will de drütte weeten. Wokeen vun sin Wien drunken hett, de veerte. Wokeen sin Lepel bruukt hett, fraagt noch een. Wokeen mit sin Mess sneden hett, en anner. Un sodennig brummeln se vör sik hen, bet de, de toeerst kamen is, fraagt, wat dat Nües gifft. Man keeneen weet wat, bet up de letzte. As de an'e Reeg kümmt, do vertellt he, in de König sin Stadt, do is de Königsdochter dull krank, se hett so'n dulle Wehdaag an'e rechte Foot, seggt he, un keen Dokter un keen Aftheker kann ehr helpen, un kriggt se nich bald Hülp, seggt he, denn so blifft se doot.

Do fragen de annern, um dar denn keeneen is, de ehr helpen kann, um *se* nich koenen ehr helpen. Ja, seggt de letzte, he weet woll, wodennig ehr to helpen is. Dar mutt een hengahn na de witte Steen, seggt he. To Middernacht, denn bewegt de Steen sik, un denn kümmt dar so'n gresige Lindworm rut, un de mutt 'n doothaun un mutt dar dat Fett vun nehmen, un dar mutt 'n de Königsdochter ehr rechte Foot mit insmeren, un denn is se in acht Daag wedder risch, seggt he.

As de twölf Herren dat hört hebben un se ferdig sünd mit Eten, do stahn se up un gahn wedder weg. Dar freut de Schooster sik, he krüppt gau rut ut dat düüstere Abenlock, itt ferdig, un denn geiht he weg, he will de smucke Königsdochter gesund maken un sodennig to Geld kamen. Na en lütte Stück kümmt he an en grote Straat, un de Straat geiht liek hen na de König sin Stadt un sin Slott. Un he geiht stracks hen na dat Slott un na de König un seggt, he will sin Dochter gesund maken, wenn he em will söss starke Keerls mitgeven. De Königsdochter hett jüst so'n dulle Wehdaag, se kriggt luut dat Schrien, un do seggt de König foorts „Ja" un lett söss boomstarke Keerls halen, de gifft he de Schooster mit. De geiht nu wedder in't Holt rin un hen na de witte Steen, un dar töövt he mit sin söss Mackers bet Middernacht. Un Klock twölv, do bewegt sik richtig de Steen, un en gresig grote Lindworm kümmt dar rut – do de Schooster un de söss starken Keerls dal up dat Deert un dar ruphaut mit Külen un mit Bielen, un do slaan se dat doot. Do nimmt de Schooster dat Fett ut de Lindworm sin Liev, geiht t'rügg na de König un smert dar wat vun up'e Königsdochter ehr rechte Foot. Do ward se foorts beter, un na acht Daag is se wedder heel un gesund und süht witt un root ut as en Appel. De ole König freut sik, fallt de Schooster um'e Hals un geiht mit em na de Schatzkamer. De Schooster wunnert sik ja nich wenig oever all dat, wat he dar to sehn kriggt, un as he noch so kickt, do seggt de König to em, he schall sik man so vel Gold nehmen, as he lustig is.

Dat lett de Schooster sik nich tweemal seggen, all sin Taschen maakt he vull mit Goldstücken, mehr geiht nich, un he seggt de König velen Dank. Man dat is de König nich nugg, un do kriggt de Schooster noch so'n grote Sack vull Gold mit, he mutt sik rein en Esel lehnen un kriegen dat na Huus.

As de Schooster do na Huus kümmt, do sünd sin Kinner noch lebennig, se hebben intwischen doch wat to eten kregen. Un se sünd so froh un sehn se's Vadder wedder, un do leven se mit em – he is ja nu riek – vergnöögt vele Jahren, un keeneen snackt mehr vun Noot.

As de nerige Naver nu süht, wo guut de arme Schooster un sin Kinner dat geiht, do wunnert he sik, wodennig dat mag togahn hebben. Un do geiht he hen na de Schooster un fraagt em liekto, wodennig dat togeiht. Un do vertellt de Schooster em dat apen un ehrlich, wodennig em dat gahn hett. Do denkt de Nerige, he will dat uck so maken, un he geiht to Holts, klarrt up'e Boom, süht dat smucke grote Huus un klarrt wedder dal. He denn gau dar hen, 'nem dat Huus stahn deit, geiht rin, finnt de deckte Dischen, itt vun all de Gerichten un toletzt, as he hört, dar kamen wecken, do krüppt he rin in't Abenlock. De twölf Herren kamen, un dat geiht wedder so as dat eerste Mal. Un de letzte vertellt, dar is mal en Mann dar we'n, de hett de grote Noot dar hendreven, un em hebben se glücklich maakt. Man vundaag, seggt he, vundaag sitt dar en ganz, ganz rieke Mann in dat Abenlock, em hebben blots sin Nerigkeit un sin Rachgier dar henbröcht, un up em dörven se all loshau'n. – Un do springen se all up vun se's Stöhle, un dat hen na dat Abenlock, un do steken se dar rin, ümmer noch mal, un do steken se de Nerige doot.

Dat fleegen Schipp

Dar is mal en Mann we'n un en Fruu, de hebben dree Soehns hatt, twee kloken un een dumme. De kloken, de hebben se vertrocken, un elkeen Wuch hebben se vun se's Mudder en reine Hemd kregen, man up'e dumme – Hans hett he heeten –, dar hebben se all up schimpt un hebben Narr maakt na em, denn he hett up'e Aben legen mit en swatte Hemd un keen Büx an. Wenn he wat kregen hett, denn hett he eten; hett he nix kregen, denn hett he hungert.

Mal hören se, de König hett utropen laten, all Lüüd schoe'n na em henkamen to en Festeten, un de en Schipp buun kann, wat dar fleegen kann, un kümmt in dat dare Schipp bi em an, de will he sin Dochter to Fruu geven.

Do beraatslaan de kloke Bröder un meenen, dar moeten se uck hen, vellicht finnen se ja se's Glück. Se's Vadder, de seggt, se schoe'n dar man nich hen, un se's Mudder uck, man nee! se gahn, un darmit af. Tjä, wat schoe'n de Olen do maken? Se geven se se's Segen mit up'e Weg, un de Mudder gifft se feine Wittbrood mit, un se braad't se en Farken un gifft se en Buddel Koem mit, un denn gahn se los.

Hans, de sitt up'e Aben un liggt sin Vadder un Mudder in'e Ohren, he will dar uck hen, 'nem sin Bröder hengahn sünd. Wat em denn infallt, seggt sin Mudder, em freten ja man blots de Wülf. Nee, seggt he, de freten em al nich, he will dar hen. Toeerst lachen de Olen em ja wat ut, un denn fangen se an un schimpen, man dat helpt allens nix. Se koenen seggen, wat se woe'n, se koenen nix upstellen mit em, un toletzt, do seggen se, denn schall he man gahn. Man he schall jo nich wedderkamen un schall keeneen verraden, dat he se's Soehn is. Un denn gifft de Oolsch em en Sack, dar deit se en ole, muchelige Swattbrood rin un gifft em en Buddel Water, un denn geiht se mit em vör de Dör, un he denn ja afste'.

He geiht un geiht, un do bemött he en ole Mann, de hett griese Harr un en lange, witte Baart, de is so lang, de reckt em bet up'e Lievreem. Do fraagt he de Ole, 'nem he hengahn deit, un de seggt, he wannert dör de Welt un helpt Minschen ut'e Noot. Un wonem he, Hans, denn hengahn deit, will he weeten. Ja, seggt Hans, he will na de König, na dat Festeten. Do fraagt de Ole, um he denn uck kann en Schipp buun, wat vun sülven fleegen kann. Nee, seggt Hans, dat kann he nich. Ja, warum he dar denn hengeiht, fraagt de Ole do. Och, seggt Hans, dat mag de leeve Gott weeten, man he verleert dar ja nix bi, un vellicht finnt he dar ja jichenswo sin Glück. Do seggt de Ole, he schall sik dalsetten un sik en beten utruhn, se woe'n wat eten, he schall man mal rutkriegen, wat he in sin Sack hett, seggt he. Och, seggt Hans, dat is wieder gar nix, man blots so'n ole, dröge Brood, dat kann he ja gar nich eten. Dat maakt nix, seggt de Ole, he schall dat man rutnehmen. Do nimmt Hans dat ut'e Sack, un do is dat dat feinste Wittbrood, so wat hett he noch nie nich eten, dat is as bi de vörnehme Herren. Do seggt de Ole, um se schoe'n eten un nix darbi drinken, um he nich hett en Koem in sin Sack. Nee, seggt Hans, wodennig he dar wull bi kamen schull, blots en Buddel mit Water hett he, seggt he. He schall 'n man mal ruthalen, seggt de Ole, un as Hans darvun probeert, do is dat de beste Koem wurrn. Tjä, seggt de Ole, dar kann een dat wedder sehn, de leeve Gott is mit de Dummen.

123

Denn leggen se se's Jacken in't Gras un setten sik dar up dal un gahn bi un eten. As se denn fein eten hebben, seggt de Ole velen Dank för Brood un Koem, un he seggt, Hans schall nu man in't Holt ringahn, un dar schall he sik an en Boom stellen. Denn schall he dreemal dat Krüüz slaan, seggt he, un mit dat Biel an'e Boom haun un sik denn gau dalsmieten. Dar schall he liggen blieven, seggt he, bet em een waak maken deit, un de dat deit, seggt he, de buut em denn uck dat Schipp, un he schall sik dar denn rinsetten un henfleegen, 'nem he hen will, man de he denn bemöten deit, de schall he mitnehmen. Nu seggt Hans velen Dank to de Ole, un denn seggen se sik adjüs. De Ole geiht sin Weg un Hans geiht to Holts.

He geiht dar rin, stellt sik an en Boom, haut to mit dat Biel, fallt dal un slöppt in. He slöppt un slöppt. Upmal, na en lange Tied, do markt he, dar is een de schüddelt em, he schall upwaken un upstahn, sin Glück is al praat, seggt dar een. Do ward Hans waak, un as he henkickt, do steiht dat Schipp al dar, heel vun Gold, un de Masten vun Sülver, de Seils vun Sied, un de bulen sik, as schull dat al losgahn. Do oeverleggt he nich lang', he sett sik rin, un dat Schipp stiggt hooch un flüggt los. Un as dat flüggt, so flüggt dat wieder, sieder as de Heven, höger as de Eerde, mit'e Ogen harrst du't nich wieswarrn kunnt.

Un Hans flüggt un flüggt, un upmal süht he, nedden up'e breede Weg liggt een mit't Ohr an'e Grund un luustert. Do röppt Hans em to, wat he dar maken deit. He luustert, seggt de anner, um de Lüüd al sünd bi de König tohopen för dat Festeten. Um he dar denn uck hen will, fraagt Hans. Ja, seggt de anner, dat will he. Do seggt Hans, he schall man instiegen, he will em henbringen, un do stiggt he in, un se fleegen wieder.

Se fleegen un fleegen, un upmal sehn se, dar geiht een up'e Straat, de hett een Been an't Ohr fastbunnen. Do fragt Hans em, warum he hoppt up een Been. Tjä, seggt de anner, wenn he dat anner Been losbinnen deit, denn springt he in een Wuppdi oever de ganze Welt weg, un dat will he nich. Wonem he denn hen will, fraagt Hans. Ja, seggt de anner, he will na de König to dat Festeten. Denn schall he man instiegen, seggt Hans, un do deit he dat, un se fleegen wieder.

Un se fleegen un fleegen, un upmal sehn se een, de steiht dar mit en spannte Bagen, man dar is nich Vagel noch anners wat to sehn. Do fraagt Hans em, wat he denn schöten will, dar is ja doch keen Vagel un keen nix to sehn. Woso dat denn woll nich, seggt de anner, he, Hans, kann 'n man nich sehn, man *he* kann dat. Wonem he 'n denn sehn deit, will Hans weeten. Hunnert Mielen weg, seggt de anner, dar sitt 'n up en dröge Berboom. Denn schall he man mitkamen, seggt Hans, un do stiggt he in, un se fleegen wieder.

Se fleegen un fleegen, un upmal sehn se een gahn, de hett up'e Rügg en Sack vull Brood. Hans fraagt, wonem he hen will. Tjä, seggt he, he will sik Brood halen to Middageten. Man he hett doch en ganze Sack vull Brood, seggt Hans. Dat beten, seggt de anner, dat helpt em gar nix, dat langt ja nichmal för en Fröhstück. He schall man instiegen, seggt Hans. De anner deit dat, un se fleegen wieder.

Se fleegen un fleegen, do sehn se upmal een, de geiht ümmerlos um en Diek rum, as wenn he wat söcht.

Do fraagt Hans em, warum he dar rumgahn deit. Och, seggt he, he will geern drinken, man he kann keen Water finnen. Do seggt Hans, dar is doch en ganze Diek, warum he nich drinken deit. De dare Speut, seggt de anner, dat langt ja nichmal för een Sluck. Denn schall he man instiegen, seggt Hans. De anner deit dat, un se fleegen wieder.

Se fleegen un fleegen, un upmal sehn se een, de hett en Klapp Stroh up'e Rügg. Do fraagt Hans em, wonem he dat Stroh hendrägen deit. To Dörps, seggt de anner. Um dat in't Dörp denn nich Stroh nugg gifft, fraagt Hans do. Och, seggt de anner, dat is doch keen gewöhnliche Stroh. Wat dat denn för'n Stroh is, will Hans do weeten. Do seggt de anner, dat mag so hitt we'n, as dat will, wenn een dat dare Stroh utstreu'n deit, denn gifft dat foorts Frost un Snee. Denn schall he man instiegen, seggt Hans. De anner deit dat, un se fleegen wieder.

Un se fleegen un fleegen, do sehn se upmal een, de geiht to Holts un hett en Bunk Sprock up'e Schuller. Do fraagt Hans em, 'nem he dat Sprock hendrägen deit. To Holts, seggt he. Na, seggt Hans, um dar denn nich is Sprock nugg. Jo, seggt de anner, wat schull dat dar keen Sprock geven, man so'n Sprock is dat ja nich. Wat dat denn för'n Sprock is, fraagt Hans. Ja, seggt de anner, dar in't Holt is gewöhnliche Sprock, man düt, wenn 'n dat ut'nannersmieten deit, denn steiht dar foorts en ganze Armee Suldaten. Denn schall he man instiegen, seggt Hans. De anner deit dat, un se fleegen wieder.

Um se nu sünd lang' flagen oder nich, toletzt kamen se bi de König an to't Festeten. Do stahn dar merrn up'e Hoff Dischen, de sünd all deckt, un Foet mit

Beer un mit Koem sünd dar henrullt. Un nu kann een man freten un supen, so vel as een lustig is. Un Lüüd sünd dar, dat kennt 'n ja! Dat halve Riek is tohopenkamen, Olen un Jungen, Herren, rieke Lüüd un Bedellüüd, as up en Jahrmarkt. Do kümmt Hans mit sin Mackers anflagen in sin Schipp un geiht dal liek för de König sin Finstern. Un denn stiegen se ut un gahn hen na dat Festeten.

De König kickt ut't Finster un süht, dar is een kamen in en gollne Schipp. Do seggt he to sin Deener, he schall hengahn un fraagen, wokeen dar is anflagen kamen in dat gollne Schipp. De Deener geiht hen, bekickt se, geiht na de König un seggt, dat sünd jichens so'n plünnige Buernlümmels. Dat will de König nich gloven. Dat kann ja woll nich angahn, seggt de König, dat Buern anflagen kamen in en gollne Schipp, de Deener hett sachs nich richtig nafraagt, meent he. Un do geiht he dar sülven hen na de Lüüd. Wokeen dar is herflagen mit dat dare Schipp, fraagt he. Do pedd't Hans een Schritt vör un seggt, he is dat. Do wunnert de König sik, dat sin Jack hett Flick an Flick un sin Kneen kieken dör de Büx un he faat't sik an'e Kopp. Um dat denn kann angahn, denkt he, dat he sin leeve Kind gifft de dare Buernbengel to Fruu. Man wat schall he maken? He will em man wecke Upgaven to doon geven.

Do schickt he sin Deener hen un lett em bestellen, he is ja woll herflagen in't Schipp, man wenn he nich haalt dat Levenswater un dat Heelwater ran, ehrer de Lüüd ferdig sünd mit Eten, denn so kriggt he de Königsdochter nich, un schafft he dat nich, lett he seggen, denn so will he em de Kopp afhau'n mit sin Swert. De Deener ja hen, man de Ohrenmann hett dat mit anhört, wat de König seggt hett, un do vertellt he Hans dat. De sitt dar up een vun de Bänke, de dar an'e Dischen stahn, un nu lett he de Ohren hängen un mag nix mehr eten un drinken. Dat süht de Löper un fraagt em, warum he nix eten deit. He kann nich, seggt he, dat blifft em ja steken in'e Hals, un he vertellt em, so un so, un wat de König em updragen hett, un wodennig he dat woll t'rechtkriegen schall, fraagt he. Do seggt he Löper, he schall man nich de Kopp hängen laten, *he* will em dat halen.

Do kümmt de Deener un bringt em Order vun'e König, man he weet dat ja al. He schall de König man mellen, seggt Hans, he will dat bringen, un de Deener geiht torügg. Un de Löper binnt dat Been los vun't Ohr, un knapp is he losgahn, do hett he uck al wat vun dat Levenswater un dat Heelwater nahmen. Man he is möö' wurrn, un do denkt he, he kümmt ja licht torügg, ehrer se ferdig sünd mit Eten, he will sik man dalsetten bi de Moehl un en beten utruhn. Un do sett he sik dal, man he slöppt in. De Lüüd sünd al meist ferdig mit Eten, man de Löper kümmt nich. Un Hans sitt dar, half doot un half lebennig, un he denkt, he is verlaren. Man de Ohrenmann, de leggt sin Ohr up'e Eerde un luustert. He luustert un luustert, un denn seggt he, Hans schall man nich bang we'n, de Torfkopp slöppt bi de Moehl. Wodennig een em denn upwecken kann, fraagt Hans. Do seggt de mit de Bagen, he schall man nich bang we'n, *he* will em waak maken, un do spannt he sin Bagen un schütt, un schütt liek in'e Moehl, de Splidder fleegen man so. Do ward de Löper waak un süht gau to un kamen hen, do warrn de Lüüd jüst ferdig mit Eten, man do hett he dat Water uck al bröcht.

Wat schall de König nu maken? He gifft Hans en nüe Upgaav un seggt to sin Deener, he schall em seggen, he schall mit sin Mackers söss Paar braa'ne Ossen un dat Brood ut veertig Backabens up eenmal upeten, denn so kriggt he sin Dochter; schafft he dat nich, denn so will he em de Kopp afhau'n mit sin Swert. Man de Ohrenmann hett dat allens hört un vertellt Hans dat. Do jammert de, wat he denn nu doon schall, he kann ja nichmal een Broodt upeten, un he kriggt rein dat Blarrn. Man do seggt de Freter, he schall dat Blarrn man nalaten, he will för se all eten, un för em is dat noch nich mal nugg. De Deener kümmt un bestellt dat: so un so. Is guut, seggt Hans, se schoe'n dat man bringen. Do braden se twölf Ossen un backen Brood in veertig Backabens. Man as de Freter bigeiht un eten, do blifft dar keen Krömel na, un he jammert noch, wo wenig dat doch we'n is, se harrn em doch man en beten mehr geven schullt.

Do süht de König, wat Hans so allens kann, un he gifft em en nüe Upgaav: Veertig Foet mit Water, dat Fatt to veertig Ammern schoe'n se up eenmal utdrinken, un darto noch veertig Foet mit Wien, kann he dat nich, denn will de König em de Kopp afhau'n mit sin Swert. De Ohrenmann hett dat mit anhört un vertellt dat, un Hans kriggt wedder dat Blarrn. Man de Süper seggt, he schall dat Blarrn man nalaten, he will dat alleen utdrinken, un dat is noch wenig för em. Do rullen se veertig Foet to veertig Ammern mit Water ran un ebensovel Wien. Man as de Süper bigeiht un drinkt, do blifft dar nich en Drüpp na, un denn seggt he noch, dat weer ja nich recht wat, dat harr geern en beten mehr we'n kunnt.

Do süht de König, he kann bi Hans nix warrn, un do denkt he, de dare Hallunk mutt vun'e Welt, anners kriggt he noch sin Dochter in'e Hänne. Un he schickt de Deener hen na Hans, he schall bestellen, se schoe'n vör de Hochtied baden. Un to en anner Deener seggt he, he schall de Badestuuv so hitt maken as glöhnig Iesen. Denn mutt Hans ja verbrennen, seggt he, wat he dat will oder nich. Do maken se so'n gewaltige Füer, dat ward glöhnig hitt, dar kunn een de Düvel sülven in braden, meent de Füerböter. Denn seggen se Hans Bescheed. Un do geiht he rin in de Badestuuv, man achter em kümmt de Frostminsch mit sin Stroh. Knapp sünd se binnen, do is dar en Hitten, nich uttoholen. Man de Frostminsch streut sin Stroh ut, un upmal ward dat so koold, Hans kann sik man knapp waschen, un denn krüppt he gau rup up'e Aben, un dar slöppt he uck in, he is düchtig dörchfraren. Morrns maken se de Badestuuv up, un se meenen ja, vun em is blots noch en Aschenhümpel na; man do liggt he up'e Aben, un as se em upwecken, do seggt he, he hett so fein slapen, un geiht rut.

Do seggen se de König Bescheed, wat dar passeert is, he hett slapen up'e Aben, seggen se, un in'e Badestuuv, dar is dat so koold we'n, as harrn se de heele Winter nich inbött. Do lett de König bannig de Ohren hängen: Wat schall he mit Hans anfangen? He spickeleert un spickeleert un spickeleert, un toletzt seggt he, wenn Hans em en Regiment Suldaten schaffen kann bet an'e neegste Morrn, denn schall he sin Dochter hebben, wenn nich, denn will he em de Kopp afhau'n. Un bi sik denkt he, wo schall woll so'n Buernfloez en Regiment herkriegen? Dat kann he as König ja man knapp. Un he lett Hans Bescheed seggen. De Ohrenmann hett dat al hört un vertellt Hans dat, un de sitt wedder dar un blarrt, un weet nich, wat schall he maken? Wonem schall he so vel Suldaten herkriegen? Un he geiht up't Schipp un seggt to sin Mackers, se schoe'n em retten. Se hebben em al so faken hulpen, seggt he, se schoe'n em doch uck nu helpen, anners is he verlaren. Do seggt de mit dat Sprock, he schall man nich blarrn, he will em al retten. Denn kümmt de Deener un seggt, wat de König em updragen hett, dat he de Königsdochter kriggt, wenn he de anner Morrn stellt en Regiment Suldaten up. Do seggt Hans, he will dat doon, man de anner schall de König bestellen, kriggt he de Königsdochter nich, denn so will he Krieg maken gegen de König un ehr sik mit Gewalt nehmen.

Bi Nacht geiht sin Macker mit Hans up't Feld, un he hett uck sin Bunk Sprock mit. He streut dat ut, un do warrn ut allens, wat he dar hensmieten deit, Minschen, un dat gifft so'n Heer, dat is gar nich to tellen. Fröh morrns ward de König waak un hört, dar spelt Musik. Un do fraagt he, wokeen dar so fröh an'e Dag spelen deit, un do vertellen se em, dat is de, de flagen kamen is mit dat gollne Schipp, un nu exerzeert he mit sin Suldaten. Do süht de König in, he kann nix maken, un do lett he Hans ropen.

Do geiht de Deener hen un seggt Hans Bescheed, he schull geern mal na de König kamen. Man Hans is meist nich mehr to kennen: Sin Tüüg, dat glinstert man so, sin Dreemaster is gollen, un sülven is he so smuck wurrn, dat is gar nich to seggen. An'e Spitz vun sin Suldaten ritt he up en koehlswatte Perd un achter em de Oberst. Sodennig treckt he in de Slottshoff in un kummandeert „Holt!" De Suldaten stellen sik up, un een is beter as de anner. Denn geiht Hans rin in dat Slott, un de König fallt sin leeve Swiegersoehn um'e Hals un seggt, he schall sik dalsetten. Sin Dochter kümmt uck ut ehr Stuuv un lacht un

131

freut sik, dat se so'n smucke Mann kriegen schall.
Do maken se gau Hochtied, un dat gifft en Festeten,
de Rook stiggt bet an'e Heven un blifft in'e Wulken
hängen.

Un as ik vun dat dare Festeten weggahn bün un heff
mi de dare Wulken ankeken, do bün ik henfullen, un
as ik henfullen weer, do heff ik upmal hier stahn. Un
do hebben I seggt, ik schull ju doch en Märken ver-
tellen, un nu heff ik ju een vertellt, nich to lang, nich
to kort, jüst vun mi bet na ju. Ik wull ju ja geern
mehr vertellen, man ik weet wieder nix.